JN196669

小説・田方農業高等学校物語

小説・田方農業高等学校物語

目次

目次

第一章　田方農林学校（現在の静岡県立田方農業高等学校）の創立

一、明治時代、口伊豆《くちいず》の農村に農林学校ができる

時は、明治二十九年（一八九六）、田植えが済んだ六月の早苗饗《さなぶり》の日（田植えを終《お》えた農家の安息《あんそく》祝い日）。

場所は、伊豆半島の入り口、口伊豆《くちいず》と呼ばれる静岡県田方郡函南村仁田《たがたぐんかんなみむらにった》（現在の田方郡函南町仁田）の農家の庭先き……。

「茂吉《もきち》さぁ　お前《め》ぇ聞いているか？」

「藪《やぶ》から棒に何のことだべぇ？　儀十《ぎじゅう》さぁ」

「そうか、茂吉さぁ、お前《め》ぇはまだその話を聞いてねぇな。実はな、近い内に函南に中等学校ができるらしいぞ」

「おう、そのことか、儀十さぁ、そのことなら儂《わし》も聞いている。慶音寺《けいおんじ》（函南町仁田）の

御坊様《おっさま》から聞いただぁよ」

「茂吉さぁ、その学校は、仁田《にった》家の大八郎旦那《だいはちろうだんな》さまが創《つく》るそうだべぇ」

「うん、口伊豆には、韮山中学校（現在の静岡県立韮山高等学校）があるというのに、なんでまた仁田に中等学校を創るんだんべぇか？」

「茂吉さぁ、その学校はな、農民に必要な学問を教える農学校だそうな」

「なるほど、韮山の中学校と教える中身が違うということか。なるほど、それなら新しい学校を創るちゅう仁田家の旦那さまのお気持ちも判《わか》るなぁ」

「慶音寺の御坊様の話によると、仁田に創るという農学校は、仁田家の旦那さまご自身が帝大《ていだい》（東京帝国大学農学部＝現東京大学農学部）を卒業されているから、農民も学問しなければ駄目《だめ》だ、ということらしい。なぁ儀十さぁ」

農学校の新設を計画している仁田大八郎には、

「無知《むち》こそ農民の人格立《じんかくた》ち遅《おく》れ」

の不変《ふへん》の真理《しんり》があったのである。

この時点で、すでに仁田大八郎は、私塾《しじゅく》『仁田塾《にったじゅく》』を開校していた。

「そうだべぇ。それにしても、学校を創るといえば、何反歩《なんたんぶ》もの田畑を潰《つぶ》さねばなんねぇから、仁田家でなければ、できないことだ、なぁ茂吉さぁ」

「まったくなぁ、儀十さぁ。それにしても、仁田家の旦那さまは大《たい》したお方だ。自作農《じさくのう》（農業を営むのに必要な田畑を所有する農家）の一軒分くらいの田地田畑《でんちでんぱた》を、学校のために用意しようというんだからな」

「そうさなぁ、茂吉さぁの言うとおりだ。仁田家の旦那さまは、お若いのに大したお方だ。まだ三十になっていなかんべぇ。しかしだな、農民は、お天道《てんとう》さまのお日柄《ひがら》次第で、米や麦をば作るんだから、農民にゃぁ、学問なんぞいらなかんべぇ。なまじっか農民が学問なんぞしたら、生意気《なまいき》になってしょうがなかんべぇ。おらぁはな、読書《よみか》きができれば、それで十分《じゅうぶん》だべぇ」

儀十や茂吉のいうのにも一理《いちり》があった。

それもその筈《はず》、この時代には、

『農民に学問は不要』

という考え方が一般的で、農民に必要なものは健康な身体《からだ》と働く意志で、それで充分であったのである。

だから、仁田の農民、塚本儀十と青木茂吉の二人は、こんな伊豆半島の片田舎の農村に、先祖代々受け継ぎ、護《まも》ってきた大事な、大事な田圃《たんぼ》を潰《つぶ》してまで、学校を建てようとする御上《おかみ》や仁田大八郎のやることが、不思議でならなかったのである。

しかし、仁田大八郎には、人は、すべて職業人である前に、意思を正しく表示できる人格者（社会人）でなければならない。

そのためには、真理《しんり》（ほんとうのこと）、節理《せつり》（ものごとのすじみち）を正しく理解し、これを活用できる能力を有する人こそ真《しん》（ほんもの）の人格者であり、社会人である。そのために教育は不可欠で、仁田大八郎には、

「無知こそ農民の人格立ち遅れ」

「教育は人を創《つく》る」

「農業は、日本の基本の業《わざ》（行事《ぎょうじ》）なり」

の信念があったので、

『伊豆に田方農林学校《たがたのうりんがっこう》あり』

と、世に謳《うた》われるような学校を創ろうと、固く心の裡《うち》に決めていたのである。

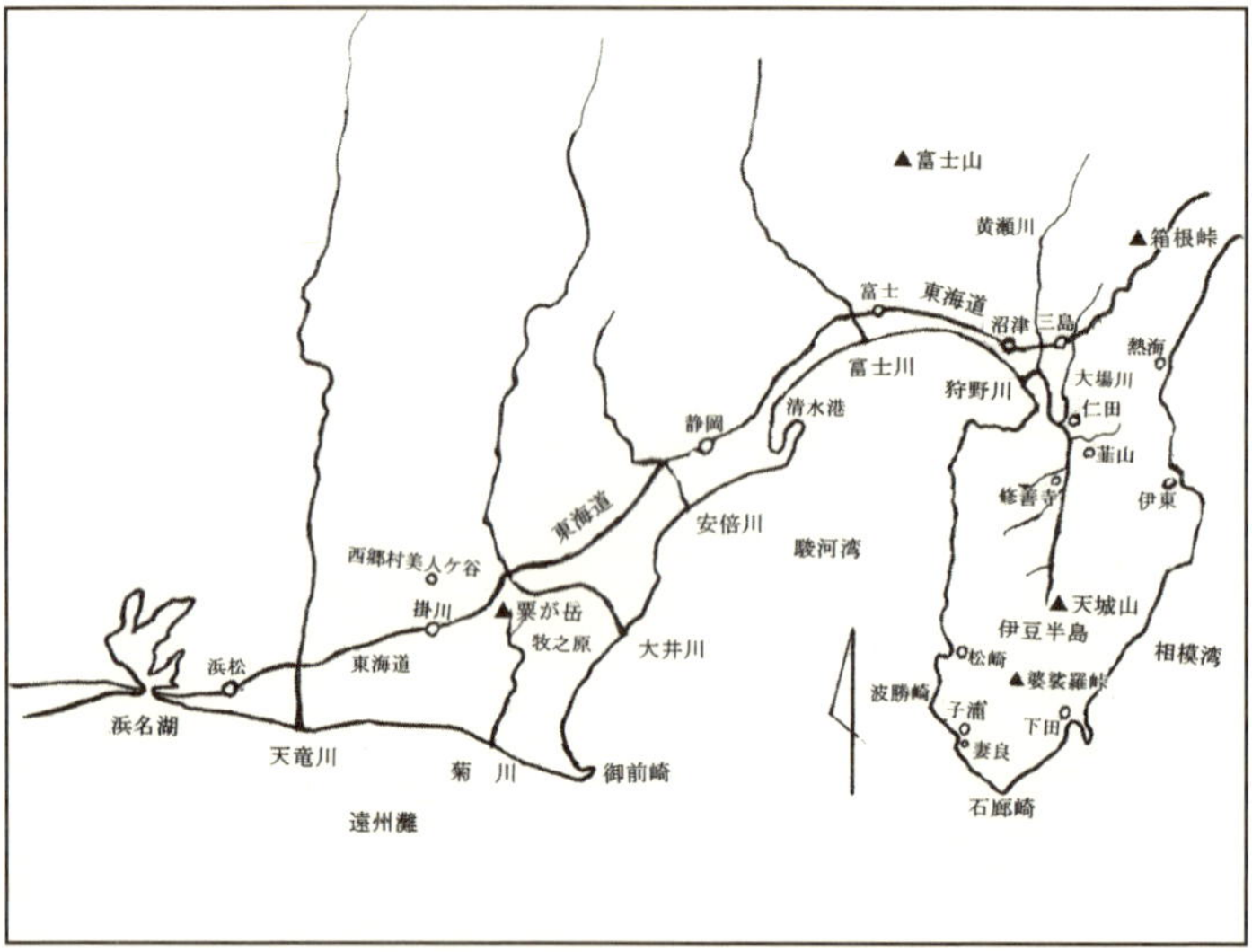

▲富士山
黄瀬川
▲箱根峠
富士
東海道
沼津
三島
熱海
富士川
狩野川
大場川
仁田
静岡
清水港
韮山
修善寺
伊東
東海道
安倍川
駿河湾
西郷村美人ケ谷
▲天城山
掛川
▲粟が岳
伊豆半島
浜松
牧之原
大井川
相模湾
東海道
松崎
▲婆娑羅峠
波勝崎
子浦
浜名湖
下田
妻良
天竜川
菊川
御前崎
石廊崎
遠州灘

静岡県田方郡函南村仁田（現在の田方郡函南町仁田）が所在する伊豆半島は、地図を見れば誰でも気付くことであるが、古来より関東、関西の分界地点《ぶんかいちてん》となっており、日本列島太平洋沿岸の中央部、富士山の南にあって、半島の中央部には、標高一〇〇〇メートル余の天城連山《あまぎれんざん》が聳《そび》え、これを境《さかい》に北側の田方郡を口伊豆《くちいず》、南側の賀茂郡《かもぐん》を奥伊豆と呼び、さらに天城連山周辺を中伊豆と呼んでいた。

口伊豆地域は、伊豆半島の穀倉地帯《こくそうちたい》であり、塚本儀十と青木茂吉等《ら》は、自作農として村の中堅農家であったから、田圃を潰《つぶ》してまでも学校を創るという仁田大八郎の遠大な計画が理解できなかったのもやむをえないことであった。

明治六年（一八七三）、学制（近代化学校制度）が施行されると、口伊豆地域でも、伊豆の韮山村（現在の静岡県伊豆の国市韮山）に静岡県立韮山中学校（現在の静岡県立韮山高等学校）が開校し、同地方の有力者の子弟が入学した。

そして今度は、仁田大八郎が、韮山中学校とさして遠くない仁田村（現在の静岡県田方郡函南町《かんなみちょう》仁田）に、農業に必要な学問を教える農林学校を創ろうということである。

「村内《むらうち》に農林学校ができれば、俺《おら》の倅《せがれ》もその学校に入れようかな。儀十さぁはどうする？」

「韮山の中学校と違って、農民の子供を教育する学校だから、米や麦の作り方、牛馬や鶏の飼い方なども教えるだんべぇ」

「ふーん、それなら俺《おら》の倅《せがれ》にゃぁちょうどえぇな」

「茂吉さぁのところの倅は新しい学校に入れればえぇな。うちの倅は、もう学齢期を過ぎているから、親戚《しんせき》の倅でも入学させるか」

「そうすると、儀十さぁのところの親戚の倅と、俺ぁの倅は学校を通じて友達になる、つまり『校友』ちゅうわけだ」

「学校の友達、校友か。だけんど、今度の学校は、農林学校の生徒、田圃を耕す者同士の友達だから、『耕す友達』、つまり『耕友《こうゆう》』だな」

「儀十さぁはうまいことを言うな。『耕友』か。うん、そうだな。『耕友』がえぇ」

「それにしても、学校を創《つく》るとなれば、何反歩もの敷地が必要だし、そのうえ、建物や、机、椅子、教材、什器などの器具備品も揃えなくてはなかんべぇ。それに一番肝心《いちばんかんじん》な教える人、教師を探《さが》してきて、この人たちに払う手当だって、大変な金額になるんべぇや」

「そうだ、御上《おかみ》から、ある程度の費用は出るんだろうが、目に見えない金《かね》もたくさんいるだろうから、また寄付の話があるかもしれんなぁ儀十さぁ」

「こりゃ他人事《ひとごと》ではないな、茂吉さぁそう思わないか？」

「でも、村の将来のことを考えれば、農学校も必要だから、村中で応援しなければなかんべぇ」

「そうだなぁ、子供たちのために、みんなで応援してやろうなぁ」

こうして、仁田では、新しい農林学校の話で持切《もちき》りであった。

学校を創るためには何千円もの費用（当時の千円は現在の三億円くらいか？）がいる。

仁田大八郎は、この多額の費用を投じて学校を創ろうというのである。

では、大金を投じて農学校を創立しようという仁田大八郎とはどんな人物であっただろうか、調べてみよう。

二、仁田家のルーツ

今から八百有余年さかのぼった建久《けんきゅう》四年（一一九三）五月二十七日のことである。

征夷大将軍《せいいたいしょうぐん》源頼朝《みなもとのよりとも》は、鎌倉幕府軍の兵力鍛練を兼ねて、武威《ぶい》を天下に知らしめすため、三万余の兵を動員して、富士の裾野（現在の静岡県富士宮市）において大巻狩を挙行した。

巻狩の初日は、勢子《せこ》たちの懸命な追立てにも拘わらず、雉一羽《きじいちわ》、野兎一匹《のうさぎいっぴき》出てこなかった。

不機嫌《ふきげん》になった頼朝は、眉間《みけん》の縦皺《たてしわ》を露《あら》わにして、

「ちぇッ！　獲物《えもの》はないのか。今日は終わりだ」

と、苛立《いらだ》ちながら、引上げの命令を出そうとした。

その時、西方向の草叢《くさむら》から、からだ全体を杉皮で覆《おお》ったような手負《てお》いの暴《あば》れ大猪《おおいのしし》が現れた。大猪は、
グオー　グオーッ！

と、唸《うな》り声《ごえ》をあげ、
ドドドドッ！

と、西の彼方《かなた》から、頼朝の本陣目掛けて突進してきた。

「わあっ、物凄《ものすご》い奴《やつ》が出たぞ！」

あまりのすさまじさに恐れをなしたか、誰も立ち向かおうとする者がいない。

「誰かあの獲物《えもの》を仕留《しと》める者はいないか！」

と口々に大声を上げて騒ぎ出し、囃《はや》し立てた。

その時、

「おう！　我《われ》が仕留《しと》めようぞ」

と、破鐘《われがね》のような雄叫《おたけ》びを上げて、狩《か》り装束《しょうぞく》に身を固めた屈強な武者が、大猪の前に両手を広げて立ちはだかった。

子牛ほどもあろうかという大猪は、

〝グオー、グオーッ！〟

と、荒々しい猪息《ちょいき》を吐《は》き、前脚《まえあし》で大地を叩かんばかりに激《はげ》しく引っ掻《か》くと、行く手に立ちはだかった武者を目掛けて、猛狂《たけくる》ったように突進してきた。

これぞまさしく猪突猛進《ちょとつもうしん》である。

「わぁーッ！」

と、お狩場を取り巻いていた三万余の武者たちの間から、大歓声が沸《わ》き上がった。

大猪は、全身の毛を逆立《さかだ》たせ、前方に立ちはだかった武者を一蹴《ひとけ》りせんと、

〝ドッ、ドッ、ド、ド、………〟

と突進してきた。

武者は、一旦は豪弓《ごうきゅう》に鏑矢《かぶらや》を番《つが》えて射止めんとしたが、すでに間に合わずと思って弓矢

を捨て、

「いざ参れ！」

と、大手を拡げて猪突する大猪の前に立ちはだかった。

三万余の武者たちが、手に汗握《あせにぎ》り、固唾《かたず》を飲《の》んで、この一騎打ちを見守った。

大猪が接近し、今まさに武者を跳《は》ね上げんとした時、武者は、ひらりと身をかわし、大猪の背中に後ろ向きに飛び乗った。

大猪は、邪魔《じゃま》ものが背中に跨《また》がったので、この武者を振り落とそうといっそう暴れ出した。

大猪の背中に、後《うし》ろ向きに跨った武者は、左手で大猪の猛々《たけだけ》しい尻尾《しっぽ》を『がしっ』と掴《つか》み、右手に持った脇差《わきざし》を振り上げて、二度三度、大猪の腹といわず、尻といわず、辺《あた》り構《かま》わず強烈に突き刺した。

大猪は、急所を刺された痛手のために荒れ狂い、背中の武者を振り落とそうと一段と激しく飛び跳ねた。

さらに武者は、大猪の腹を立ち割らんばかりに、脇差を深々と大猪の尻に突き立て、引き裂《さ》いた。

さしもの暴れ大猪も、脇差を尻から腹の中へ、深々と突き立てられ、引き裂かれてはた

まらず、

〝ドドッ〟

と、荒野《あらの》に打ち倒れ、四肢《しし》を痙攣《けいれん》させて息絶《いきた》えた。

「伊豆の国、仁田四郎忠常《にったしろうただつね》、暴れ大猪を仕留めたり……」

と、大音響《だいおんきょう》で名乗りを上げた。

「あっぱれ、あっぱれ。仁田四郎でかしたぞ。見事じゃ、一番手柄じゃ……」

頼朝は、乗馬の鞍《くら》を叩いて褒《ほ》め囃《はや》し、褒賞《ほうしょう》として、富士の裾野に五〇〇余町歩（五〇〇ヘクタール）の土地を与えたのである。

お狩場《かりば》でこれを見物していた三万余の武者たちも、鐘《かね》や太鼓《たいこ》を打ち鳴らし、法螺貝《ほらがい》を吹いて褒《ほ》め囃《はや》し、そのどよめきは、広大な富士の裾野の隅々に鳴《な》り響《ひび》き、仁田四郎忠常の武運はくまなく全軍に知れわたった。

この大猪を退治《たいじ》した武者、仁田四郎忠常こそ、この小説の主人公仁田大八郎のルーツであり、大八郎より三十七代前の仁田家当主（始祖）である。

時に仁田四郎忠常二十六歳（忠常は、仁安《にんあん》十一年《一一六七》四月十日生《うま》れ）。

久々に行われた富士の大巻狩りは、猪退治のあった日の二日後につつがなく終了し、武者たちはそれぞれ獲物《えもの》を家来に持たせて、鎌倉に引き揚げた。

三、貞女おきく

仁田家が伊豆屈指《くっし》の名家として後世に名を残したのは、四郎忠常が武勲《ぶくん》を立てたのが大きな要因であったが、それだけではない。四郎忠常の妻おきくの内助《ないじょ》の功も見逃すことはできない。

鎌倉幕府の事績《じせき》を記述《きじゅつ》した歴史書、『吾妻鏡《あずまかがみ》（東鑑《あずまかがみ》ともいう）』（鎌倉時代に編纂《へんさん》）によれば、仁田四郎忠常の妻おきくは、日頃から信仰心が篤《あつ》く、仁田の家から一里余（約五キロメートル）ほど北方の伊豆《いず》一宮三嶋明神《いちのみやみしまみょうじん》（現在の三島大社）を深く信仰し、毎月『八』の付く日、即ち八日、十八日、二十八日には必ず三嶋明神に参詣して、仁田家の武運長久を祈っていた。

文治《ぶんじ》三年（一一八七）七月十八日のことである。昨夜から吹き荒れていた豪雨は、朝になっても一向に止む気配はなく、伊豆の暴れ太郎の異名を持つ狩野川と、その支流である大場川《だいばがわ》は、洪水で目をそむけたくなるほど氾濫《はんらん》していた。

仁田家に長年《ながねん》奉公する下女《げじょ》のこうとみよは、代《か》わるがわる、

「奥方さま、この豪雨の中、舟で大場川をさかのぼるのは難儀《なんぎ》なことです。もし舟が転覆《てんぷく》でもしたら大変です。今日の明神さまのお参りは、明日に延期なさった方がよろしいのではありませんか」

と、奥方のおきくに申し上げた。すると、おきくは、

「ありがとう。心配してくれるおまえの気持ちはよくわかります。が、どんなことがあっても毎月欠かさず八の日には、明神さまに参詣しており、未だ一度も怠《おこた》ったことはありません。雨が降ったくらいで参詣を取り止めることはできません。早く雨具と舟の支度をして下さい」

と、下女のこうに三嶋明神参詣の支度を命じた。

実は、仁田家には、最近悪いことが重なっていたのである。

というのは、おきくの夫《おっと》四郎忠常が、正月頃から風邪を引き、高熱が続いて床に伏す日が多かった。

夫四郎忠常を深く愛するおきくは、夫の病は自分の信仰心が足りないため、と思っていたので、参詣日の十八日は、どうしても三嶋明神をお参りしたかったのである。

特に今日は、夫の高熱平癒《こうねつへいゆ》を祈願する大事な目的があったので、参詣を取り止めることはできなかった。

幸い家を出る頃は、雨もやや小降りとなったので、

「ありがたや、さぁ、出かけましょう」

と、おきくは、船頭や郎党、下女を励まし、増水した大場川の間宮船着場《まみやふなつきば》から舟に乗り込んだ。

仁田の家から三嶋明神へ行くには、舟で大場川をさかのぼらなければならない。

船頭や郎党たちが、舟の舳先《へさき》に麻縄を縛《しば》り付け、

「えいさ、えいさ」

と、舟を引っ張り、川上へ向かった。

間宮の船着場を出発する時は、雨が降り出してからあまり時間が経っていなかったので、無事に三嶋明神近くの川原ケ谷《かわらがや》の船着場に到着できた。ここから三嶋明神は、指呼《しこ》の間《かん》（指さして呼べば答えが返ってくるほどの近い距離）である。

おきくは、さっそく三嶋明神の神前に額《ぬか》づき、神職の神事のあと、

「明神さま、私の命は明神さまに捧げます。どうぞ、わが夫、四郎忠常殿の命をお救いください」

と、懸命に祈った。参詣を済ましたおきくは、一刻《いっこく》も早く家に帰り、夫の看病をしなければと、供の者をせき立てて舟に乗り込んだ。

ところが、仁田の家を出てからすでに二刻《にこく》（現在の約四時間）を経過しており、箱根山麓に降り注いだ雨は大場川に流れ込み、濁流《だくりゅう》となって川下《かわしも》に流れていた。

しかも、その水勢《すいせい》は凄《すさ》まじく、いまだかって遭遇《そうぐう》したこともない水量であった。

この荒れ狂う濁流を見た船頭たちは、口をそろえて、

「こりゃぁ凄《すげ》えや、舟が濁流に呑《の》み込まれて危険《あぶない》ぞ！」

「これじゃぁ、舟は出《だ》せねえや。奥方さま、今日は修善寺街道を歩いて帰りましょうや」

と、口々に言い出した。

下女たちも、

「奥方さま、帰りは歩きましょう」

と、怯《おび》え声《ごえ》で言い出した。しかし、おきくは、一刻も早く家に帰りたかった。

歩《ある》いて帰れば、舟で帰る時間の四倍も五倍もかかってしまう。

「否《いえ》、一刻も早く仁田に帰って、殿のご看病をいたさねばなりませぬ。さぁ早く舟に乗りましょう」

と、下女たちを叱《しか》りながら、船頭に向かって、

「さぁ、参りましょう。船頭さん、しっかり棹《さお》を握《にぎ》って下さい」

と、励ました。

「ようござんす。それでは舟を出しましょう。奥方さま、お女中方《じょちゅうがた》、しっかり船縁《ふなべり》を掴《つか》んで、川に落ちないように願《ねが》えます」

と言い、舟は船着場を離れた。

おきく達を乗せた舟は、増水《ぞうすい》した大場川の奔流《ほんりゅう》に揉《も》まれて、木《こ》の葉《は》のように揺《ゆ》れ動いた。

やがて舟が、大場川と夏梅木川《なつめぎがわ》との合流地点に差し掛かると、逆巻《さかま》く濁流が渦を巻き、あっという間もなく、舟を川底に呑み込んでしまった。

舟には、奥方と船頭が二人、それに郎党、下女がそれぞれ二人、合計七人が乗っていた。が、その全員が、川底に沈んでしまったのである。

しばらくすると、まず始めに、船頭二人が川面《かわも》に顔を見せた。

そのあと次々に郎党二人と、下女二人が浮かび上がり、土手《どて》に生《は》えている柳などの木々にすがりつき、なんとか助かることができた。

ところが、どうしたことか、奥方だけが川面に浮かび上がらず、ついに溺死《できし》するという、悲しい結果になってしまった。

おきくは、大場川の洪水で命を落としてしまったが、

「わが命は失うとも、夫四郎忠常殿の病《やまい》を平癒《へいゆ》し給《たま》え」

と、三嶋明神に捧げた祈りが神様に通じて、数日後、四郎忠常は見事全快したのである。

この事実が世間に広まると、人々は、

『夫を想《おも》う奥方おきくさまの信仰心のおかげ』

『これぞまことの貞女《ていじょ》の鑑《かがみ》』

と、褒《ほ》め称《たた》えた。そして、

『伊豆に仁田家《にったけ》あり』

と、家名が全国津々浦々《つつうらうら》に知れわたった。このように仁田家の名声が全国に知られるようになったのは、奥方おきくさまの行跡によるところも大きかった。

後日のことであるが、仁田四郎忠常は、鎌倉幕府の将軍後継者争いに巻き込まれ、不運

にも三十七歳で命を失う羽目になるのである。

この将軍後継者争いは、世にいう『比企能員《ひきよしかず》の乱《らん》』である。

四、学祖仁田甲子郎、三田英語義塾と東京帝国大学で学ぶ

話を、仁田大八郎に戻そう。

仁田大八郎は、幼名を『甲子郎《こうしろう》』といい、明治四年（一八七一）十一月十九日生れで、明治二十九年（一八九六）に家督《かとく》（仁田家三十七代）を相続して「大八郎」を襲名した（大八郎としては七代目）。

なお、現代の戸籍法では、姓《せい》は勿論、名を変える場合にも、家庭裁判所の許可を得なければならないのが原則である。しかし、明治の初期までは、成人すると名前を変える人が多かった。士農工商の身分制度がきびしかった江戸時代には、名字《みようじ》（姓）は武士のみで、百姓町人は、名のみを名乗り、名字は名乗らず、屋号で識別した。

明治四年に戸籍制度ができて、士農工商の区別なく名字を付けるようになり、さらに、

明治三十一年、旧戸籍法が制定されて氏名制度の原型が確立した。
そして昭和二十三年、新戸籍法が制定されて現在の氏名制度になったのである。

さて、甲子郎（仁田家三十七代当主）を述べるについては、祖父の常種《つねたね》と父の忠順《ただより》に触れておかなければならない。

祖父である仁田家三十五代当主大八郎常種（大八郎の名跡《みょうせき》を名乗る当主としては五代目）は、幼名を滝次郎《たきじろう》といった。

二十五歳の時、仁田家を継いで大八郎を襲名、常種と称した。
常種は、時の韮山県令柏木忠俊《かしわぎただとし》（元、韮山代官江川太郎左衛門の家臣）と協議のうえ、
①伊豆産馬《いずさんば》会社を設立して、牛馬の飼育、改良の普及
②天蚕飼養所《てんさんしようじょ》を設立して、養蚕《ようさん》の振興勧奨
③道路橋梁《どうろきょうりょう》の新設補修工事の費用負担
をするなど、公益を目的にした社会事業に力を注いだ。

父である仁田家三十六代当主大八郎忠順（大八郎の名跡《みょうせき》を名乗る当主としては六代目）

は、幼名を小三郎といった。

大八郎忠順は、産馬会社を経営し、農家の経済力向上のために、祖父の常種と同様、畜産を奨励して馬や乳牛を輸入し、牛馬を改良した。さらに、獣医伝習所《じゅういでんしゅうじょ》を設立して、畜産の振興に必要な動物の病気対策を実施するなど、地域産業の振興に努めた。

幼児の頃より、祖父や父の仕事を身近に見聞《けんぶん》していた甲子郎は、その感化《かんか》を受け、社会貢献を当然のこととして成長してきた。

甲子郎は、農村の振興には、畜産の専門知識を持つ指導者が必要であるという信念を持つ父親の勧めもあって、一旦入学した韮山中学校を中退し、新しい学問を修学するため上京した。

この時、甲子郎は弱冠《じゃっかん》十五歳。

明治十八年（一八八五）九月九日、菊の節句の良き日に、甲子郎は、祖父の常種と、たまたま東京に所用のある親戚の花島轍吉《はなじまてつきち》と三人で、上京した。

この当時は、まだ鉄道が敷設《ふせつ》されていなかったので、上京するには、東海道を、箱根峠を越えて行くか、御殿場街道を通るかのいずれかであった。

（東京と神戸を結ぶ東海道線の全面開通は、明治二十二年《一八八九》七月一日で、東海道本線と呼ばれるようになるのは、さらに二十年後の明治四十二年《一九〇九》である）

当日、三人は、朝早く山駕籠《やまかご》を三挺雇《さんちょうやと》い、一番前が仁田常種、次が花島輸吉、三番目の駕籠に甲子郎が乗って仁田の家を出発した。

韮山街道から玉沢路《たまざわじ》を通り、妙法華寺《みょうほっけじ》の山門をくぐり、三ツ谷新田《みつやしんでん》に出た。

ここからが、

〝箱根の山は天下の険《けん》……〟

と謳《うた》われた東海道の難所、箱根路である。

北の方を見上げれば、紺碧《こんぺき》の空に富士山がすっくと聳《そび》えている。

なるほど、聞きしに勝る急坂である。

三間先に視線を向けると、あたかも地面が額《ひたい》に付くのではないか、と思われるほどの急坂である。地元の人は、この急坂を、

『強飯坂《こわめしざか》』（現在の静岡県三島市笹原新田）

と呼んでいる。

強飯坂とは、昔、旅人が、あまり急坂のため、体力を燃焼して大汗をかき、その汗の熱

気で、背負ったお米が蒸《む》れて、強飯（蒸し飯）が炊《た》けた、という逸話《いつわ》が生まれたことからついた名前である。

強飯坂は、それほど険《けわ》しい坂である。

箱根路には、強飯坂のような険しい坂道が随所《ずいしょ》にある。

箱根路は、三島の宿から峠まで約二里二十八丁（約十キロ）、道の両側には老松《ろうしょう》や杉の巨木が植えられ、昼なお暗い道が延々と曲がりくねっている。

三挺の駕籠を担ぐ人足たちは、調子を揃えて、

〝エイホ、エイホ〟

と威勢よく声を掛け合いながら登っていく。

すると、年老いたといえども、血気盛んな祖父の常種が、

「よう、駕籠屋さん。酒手《さかて》（現在のチップ、心づけ）を弾《はず》むから、三挺のうち、誰の篭《かご》が一番早く峠に着くか競走してみようじゃないか」

と駕籠舁《かごか》きの人足に嗾《けしか》けた。

「おーい、相棒よ。旦那さまが、『誰が、一番足が達者《たっしゃ》か、競走して見ろ』とおっしゃっている。一丁やってみるか」

「こりゃあ面白い。やってみべぇ」

「おらぁ、山登りなら誰にも負けねぇ……、任《まか》せておけ」

ということになり、強飯坂を登り切った笹原一里塚で小休止し、ここをスタート地点として、早駕籠競走が始まった。

三挺《ちょう》六人の駕籠舁きは、常種から、過分《かぶん》な酒手を弾《はず》んでもらい、張り切った。

三挺の駕籠は、急坂を抜きつ、抜かれつして駆け登った。

途中、接待茶屋で一服し、元箱根の町に着いたのは、昼少し前である。

三挺の駕籠は、ほぼ同時に茶屋に着き、そこで昼食をとった。

早駕籠の競走をさせたおかげで、予定より少し早かった。

昼食を食べ終わった常種は、元箱根の茶屋で、仁田村から乗ってきた駕籠を帰し、今度は小田原へ戻る駕籠を捕まえて乗り換えた。その方が、駕籠賃が安く済むからである。

元箱根の茶屋から小田原まで、四里八丁（約二十キロ）である。茶屋を出てしばらくすると、杉並木が下り坂に覆《おお》いかぶさるように繁茂し、旅人も少なく、東海道も極端に寂《さび》しくなってくる。

この辺《あた》りが、駕籠舁き人足が駕籠賃をせり上げるために、お客に脅《おど》しをかけるところである。

常種は、心得たもので、駕籠舁き人足が駕籠賃をせびる前に、

「駕籠屋さん、少ないがこれを取ってくれ。急ぐ旅ではないが、頑張って小田原までお頼みしますよ」

と言って、酒手《さかて》（こころづけのお金銭《かね》）を弾《はず》み、奉書に包んで人足に渡した。

人足は、

（この客は、旅慣《たびな》れた上客《じょうきゃく》だ）

と見て、

「おーい相棒、たくさんお鳥目《ちょうもく》（銭《ぜに》のこと）をいただいた。お礼を申し上げろ」

「旦那さま、おありがとうございます。相棒、ひとつ頑張ろうぜ」

と、それぞれ常種にお礼を言った。そしてねじり鉢巻きをきつく巻き直し、息杖《いきづえ》（ひと休みするときに、担《にな》った物を支《ささ》えたりするのに用いる杖）を大きく振って、

『エイホッ、エイホッ』

と走り出した。

一行《いっこう》が小田原に着いたときは、陽はまだ高かったが、常種ら三人は、小田原本町の一流

旅籠《はたご》『小伊勢屋《こいせや》』に投宿した。

この旅籠は、かねてから常種が小田原に来たときに投宿する宿屋《やどや》である。常種は、旅籠の主《あるじ》以下、番頭《ばんとう》、仲居《なかい》、玄関番《げんかんばん》や三助《さんすけ》の吉蔵《きちぞう》に至《いた》るまで、みんな顔馴染《かおなじ》みである。三人は、鄭重《ていちょう》に迎えられ、箱根越えの疲れをいやすことができた。

翌朝、常種は、馬車を一台雇って、相模湾から吹いてくる潮風を全身に受け、大磯、平塚、藤沢、程ケ谷《ほどがや》を通り、横浜に着いた。

横浜は、近年、貿易港として栄え、外国の国旗をはためかせた汽船が、たくさん停泊していた。

甲子郎は、初めて見る外国の大型商船の威容に驚くと同時に、おぼろげながら、

「これは凄《すご》い！　日本でもこの外国船に負けないような船を造らなければ、やがて外国に隷属《れいぞく》する（従《したが》い就《つ》く）ようになる。イギリスやアメリカなど欧米列強国と対等に交易するには、日本人の知的レベルを上げなければ駄目だ。そのためには学校を創《つく》り、大いに学問を学ばなければならない」

と思った。

横浜から東京の新橋までは、明治五年（一八七二）九月に開通した汽車を利用した。

長い不格好な煙突から、黒い煙を出して走る小さな蒸気機関車、その機関車に引っ張られて走る木箱のような客車に、甲子郎ら三人は乗った。

客車は、現在では想像もできない小さな箱型の車両である。座席は、藺草《いぐさ》の筵《むしろ》が張ってあるだけの硬い二人掛けの椅子である。この椅子に向かい合って腰かけて新橋へ向かった。

この玩具《おもちゃ》のような汽車であっても、人力車は勿論、馬車よりもはるかに速いので、車内は、大勢の乗客で混みあっていた。

甲子郎は、汽車、建物、乗合馬車や、道を往来する老若男女の服装などなどに、目を見張った。

その夜は、芝（現在の東京都港区新橋）の旅館「和泉屋《いずみや》」に泊まったが、甲子郎は、昼間目にした風俗が、伊豆の田舎とはあまりにも違っていたため、強烈なカルチャーショック（異文化による精神的な衝撃）を受けて興奮《こうふん》し、なかなか寝付かれなかった。

祖父の常種は、甲子郎が時々寝返りを打つのを察し、

「甲子郎、眠れないのか」

と、暗闇《くらやみ》の中で声をかけた。

「うん……」

甲子郎は、昼間受けたカルチャーショックを祖父になんと説明してよいのか、咄嗟《とっさ》に言葉が出なかった。

「うむ、甲子郎は、伊豆の田舎しか知らないのだから、東京を見てびっくりするのは無理もないことだな……」

と常種は、弱冠《じゃっかん》十五歳の甲子郎青年の心中を思い遣《や》った。

この度の上京に同行している親戚の花島轍吉《はなじまてつきち》も、やはり眠れないと見えて、

「横浜の海に停泊していた外国船の威容は、物凄かったな。甲子郎ならずとも初めて見る者は、驚嘆《きょうたん》し胸が熱くなってくるだろう」

と、言って話に加わった。

「ね、お祖父《じい》さん、あの外国の船は、どこの国の船か知らないが、地球の向こう側からやってきたんだね。日本でもあのように大きな船や、今日乗った汽車を造れるようになるんだろうか？　伊豆の人たちもしっかり勉強しなければ、置いてきぼりをくってしまうね」

と興奮気味に言うのであった。

そして、まんじりともせず一夜を明かした甲子郎は、翌日の早朝、

「なっとなっとぅー」

という、東京新名物の納豆屋《なっとうや》の売り声に目を覚ましたが、

（そうだ、俺は勉強するために東京に来たんだ。納豆売りや新聞配達の売り声に驚いていてはいけない。よーし、しっかり勉強しよう！）

と、ひそかに心中に誓った。

甲子郎は、明治十八年（一八八五）九月から芝浜町に下宿住まいをして、三田の英語義塾に通って勉強を始めた。

この年の十二月、明治政府は内閣制度を施行し、伊藤博文が初代総理大臣に指名されて、第一次伊藤博文内閣が誕生した。

また、経済面では、日本銀行が『銀兌換《ぎんだかん》の日本銀行券』（銀正貨《ぎんせいか》と交換できる紙幣）を発行し、日本の産業近代化が始まった。

甲子郎は、学校の登校日には授業が終わると脇目も振らず下宿に帰り、夕食を済ませて休む暇もなく今日学んだところを復習し、そのあと就寝時刻まで、予習に余念がなかった。

甲子郎の勉強態度は、几帳面《きちょうめん》な性格そのもので、自ら立てた修学計画を忠実に実行し

ていた。このようなところは、律儀《りちぎ》な父親にそっくりである。

この当時は、まだ家庭に電気が引かれていなかったので、甲子郎は、石油ランプを灯《とも》して、その灯《あか》りの下で一心に勉強した。

石油ランプは、一日灯《あか》りを灯《とも》すとランプの火屋《ほや》（ランプの灯《ひ》を覆《おお》うガラス製の筒）が油煙で煤《すす》けて黒くなるので、毎日火屋を掃除するのも甲子郎の日課の一つであった。

甲子郎は、その翌年の明治十九年七月、十五歳で三田英語義塾を卒業。すぐに東京駿河台（現在の東京都千代田区神田駿河台）の予備校成立学舎《せいりつがくしゃ》に入って受験勉強を始めた。

そして明治二十一年九月、東京駒場の農林学校農学科に入学した。

（駒場は、現在の東京都目黒区駒場。現在、東京大学教養学部がある）

（農林学校農学科は、明治二十二年に東京農科大学と改称。現在の東京大学農学部）

甲子郎は、三田英語義塾に通学している時には、韮山出身の叔父で、洋学者の大石勉吉《べんきち》の家に下宿した。大石勉吉は、元韮山代官所の漢学教授大石省三《しょうぞう》の養子で、三田英語義塾に近い芝愛宕下（現在の東京都港区愛宕）に住んでいたので、身元保証人にもなってもらうなど、諸事都合が良かった。

また、受験勉強のため、成立学舎に通学している時は、叔父の仁田桂次郎が下宿していた本郷真砂町《ほんごうまさごちょう》（現在の東京都文京区本郷）の下宿屋から通学した。

この下宿屋は、田方郡函南村桑原（現在の田方郡函南町桑原）出身の中村政五郎氏が営んでいる下宿であった。中村氏は、人格高潔、後輩の面倒をよく見る頼もしい人物であったので、学生たちの評判が良かったし、甲子郎も居心地《いごこち》が良かった。

さらに、駒場の農林学校に入学してからは、叔父の仁田桂次郎と一緒に麻布《あざぶ》笄町《こうがいちょう》（現在の東京都港区西麻布）に家を持ち、そこから通学した。

甲子郎は、駒場の農林学校に通学していた時は勿論、三田英語塾に通学していた時も、予備校に通学していた時も、周囲の人が驚くほど熱心に勉強したので、たちまち手持ちの本を読み尽してしまい、人力車を雇っては、日本橋の丸善書店や神田神保町の書店へ行って、次に読む本を購入した。

このように次々と甲子郎が本を買うので、彼の下宿は、読み終わった本が山となり、自分の寝るスペースがなくなるほどであった。

この頃の文明は、欧米諸国、それも和蘭（オランダ）から入ってくることが多かったので、学問といえば、オランダの本を読むことであり、甲子郎の買う本もオランダ語の本が多かった。

甲子郎の下宿を訪れた学友たちは、おびただしい彼の蔵書に驚き呆《あき》れ、彼を、『蘭書家《らんしょか》』（オランダの書物ばかりを読む人）と呼んで、彼に一目置《いちもく》いたのである。

あたかも、江戸時代の末期（天保年間＝一八三〇―一八四四）の頃、学問に無縁な江戸の町民が、当時の洋学者を指して、『オランダ熱心《ねっ》』と、冗談《じょうだん》まじりに呼んだようなものである。

それほど、甲子郎はオランダ語の本を買っては読み、読んではまた買うという日々であった。

だが、この時の猛烈な読書力が、後年《こうねん》になって彼の人生に大きく寄与するのである。

農科大学（現在の東京大学農学部）の卒業時期が近づいてくると、大学側でも、甲子郎の能力を高く評価し、卒業後は、助教授の椅子《ポスト》を用意して、大学に残って欲しいと要請したほどであった。

甲子郎は、大学側の要請に多少の動揺はあったものの、彼としては、学問を身に就け、地元の学校に奉職して、地域に貢献したいという初期の目的があったので、大学の要請を固辞した。

こうして甲子郎は、農科大学に足掛け七年在籍したのである。

当時の学生風俗《がくせいふうぞく》は、蛮カラ《ばんから》（ハイカラの反対）を可《よし》としていたので、学生の多くは、わざわざ醤油で煮染《にし》めたような手拭を腰のベルトに引掛け、厚くて高い朴歯《ほおば》の下駄を履き、一見不良学生風を装った若者が多かったが、彼（甲子郎）は、当世の学生風俗に毒されることなく、常に真面目な学生として生活していた。

当然のことながら、勉強家であった甲子郎の学業成績は、常にトップクラスで、かつ、人格も優れていたので、特待生となった。

大学の農学科に籍を置いた甲子郎は、多くの学生が敬遠した植物病理学を研究し、堅実な学生生活を送った。

だが、彼は、ただただ真面目で、堅物の学生というだけではなかった。

学友に誘われれば、決して否《いや》とは言わず、ニコニコと笑い、

「よーし、待っていました」

と言わんばかりに快諾し、銀座に飲みに出かけたものである。

この頃の交通機関は、鉄道馬車（機関車の代わりに馬が車両を引っ張って線路の上を走る）が主流で、乗り心地も良かったので、一区間二銭の乗車賃を払って、この鉄道馬車を利用して夜の銀座へ繰り出したものである。

夜の銀座は、街頭にはガスが灯って明々《あかあか》と道路を照らし、柳の街路樹の下では、モダンボーイ（モボ）とモダンガール（モガ）が肩を寄せ合い、愛を囁《ささや》いていた。

同時期に、弟の直《なおし》も農科大学獣医科に在籍し、同じ下宿から通学していた。

明治の時代には、いろいろな迷信や偏見があり、獣医をケモノ医者といって忌《い》み嫌《きら》い、蔑《さげす》む人（軽蔑《けいべつ》する人）が多かったが、弟の直は、農業を営むには、牛馬の飼育は不可欠であるので、敢然《かんぜん》として獣医科の道を選んだ。

なお、同じ下宿には、静岡県出身で、後にビタミンB1を発見し、東大教授、農芸化学者となる鈴木梅太郎博士も寄居《ききょ》し、机を並べて勉強していた。

五、名前を大八郎に改め、実業家の道を進む

明治二十八年（一八九五）三月、甲子郎は二十四歳になり、農科大学を卒業した。卒業すると、今まで買い求めたおびただしい蔵書を持って帰郷、初期の目的通り直ちに韮山中学校に奉職し、教師となって生徒を教えたのである。

「おい、儀十《ぎじゅう》さぁ、仁田の旦那さまは、仰山《ぎょうさん》な本を持って東京から帰って来なさった。ご自分でも何冊かわからないじゃないのかのぉ……」

「聞くところによると、五千冊はあるんじゃぁないか、ということらしい」

と青木茂吉と塚本儀十は、村人から聞いた噂話《うわさばなし》をしていた。


仁田家では、その翌年、父親の三十六代仁田大八郎（忠順《ただより》）が五十歳で死亡した。少し早すぎる死であった。

二十五歳となった甲子郎は、長男であったので、長子《ちょうし》相続制《そうぞくせい》のしきたりに従って、仁田家三十七代大八郎（大八郎の名前としては七代目）を襲名して、家督を相続した。

以下、名前を「甲子郎」改め『大八郎』という。

明治二十九年（一八九六）大八郎が二十五歳になり、家督を継ぎ、かつ、大学で学んだ農業学の知識と技術を惜しみなく地域農民に教え伝えたので、彼の信望はますます高まった。

地域の住民は、大八郎の豊富な知識と技術、高い信望を放《ほう》っておかなかった。大八郎の能力を評価していたのは、農家の人たちだけではなかった。

明治の御代になって三十年。我が国の産業界も、政治、文化、軍事などの充実、発展とともに次第に力をつけてきた。この傾向は、地方においても同じであった。

この頃になると、静岡県東部の事業家たちは、文明の発展に必要な動力、すなわち、電気の確保に奔走した。

電気の必要性を感じていた仁田大八郎は、明治二十九年（一八九六）に、函南村平井の小柳津五郎《おやいづごろう》氏ら地元の有力者と協議して、

『駿豆電気《すんずでんき》株式会社』

を設立、社長に就任して電力事業に乗り出したのである。

電力事業を始めるに当たって、一番苦心したのが電気技術者（エレクトリック・エンジニア）の確保であった。

幸い大八郎が、東京の予備校成立学舎《せいりつがくしゃ》で学んでいた時に一緒に勉強した学友で、日本の産業界の実力者、野口遵《のぐちじゅん》（日本窒素《にほんちっそ》社長）が、駿豆電気株式会社の事業に興味を持ち、一肌脱《ひとはだぬ》いでくれることになった。

さっそく話し合ったところ、快く取締役に就任してくれた。

「野口さん、あなたが取締役に就任してくださったので、わが社は千人の味方を得た以上の力強さを得ました。ありがとうございます」

と、大八郎と小柳津五郎は、代わるがわる謝意を述べるのであった。

すると野口遵は、

「いえいえ、お二人から、そのように感謝されますと、かえって荷が重くなります。私とて、果たしてどれだけの仕事ができるかわかりませんが……」

と、恐縮《きょうしゅく》するばかりであった。

「さっそくですが野口さん、駿豆電気株式会社は電力会社でございますから、最初に発電所を建設しなければなりません。いかがしたものでしょうか」

「そうですね。発電所といえば、火力発電所か、水力発電所のどちらかに決めなくてはなりませんが、仁田さん、当地には水量の豊富な川がありますでしょうから、その水力を活用した発電所にしてはいかがなものでございましょうか」

「そうですね、火力発電の燃料を考えますと、野口さんがおっしゃる水力発電所の設置が必要でございますね」

と、大八郎も水力発電所が必要だと考えていたので、水力発電の線で計画が進められていった。野口は、

「仁田さん、伊豆には、狩野川という水量豊かな川があると聞いておりますので、その水力を活用したらよろしいでしょう」

とアドバイスした。

「ところが野口さん、狩野川は、総延長が約四十キロメートル、水源を天城山中に発する伊豆で一番大きな川でございますが、天城の湯ヶ島村から函南村仁田に至るまでさして急流ではありませんが、川床《かわどこ》には巨岩が重なりあうようにありますので、洪水《こうずい》が出ますと川が氾濫《はんらん》し、絶えず流れが変わって貯水することができないではないかと思います」

と、大八郎は、洪水時の惨状《さんじょう》を思い出して眉《まゆ》を曇らせた。

野口遵《じゅん》は、意外そうな顔をして、ちょっと思案していたが、

「そうですか。それでは、狩野川の他に大きな川はありませんか」

「狩野川に匹敵《ひってき》するような大河はございませんが、大場《だいば》川、来光川、柿沢川などの河川がございます。さてどの川がよろしいでしょうか」

「仁田さん、私は、現地を観《み》ておりませんから、どの川が水力発電に適しているかわかりません。皆さんで現地をよく調査されてお決めになったらいかがでしょうか」

ということで、大八郎は、株主たちと協議した結果、田方郡函南村を流れる柿沢川の水力を活用することになり、同村平井に発電所を建設し、電力事業が始まった。

平井発電所で造られる発電量は二七五キロワット、当地方第一の発電所である。

駿豆電気株式会社が、実際に電力の供給を開始したのは、四年後の明治三十三年(一九〇〇)、で、電力の供給は、田方郡三島町(現在の静岡県三島市)を中心にした北伊豆地方から開始され、逐次田方郡下、沼津地区、次いで熱海地区と、供給範囲を拡げていった。

この頃の照明器具といえば、行燈《あんどん》か蝋燭《ろうそく》を灯《とも》すものが多く、ようやく石油ランプが使われだしたばかりである。東京銀座のガス街路灯などは、特殊な例であった。

それが、石油ランプの数十倍の明るさのある電気が普及し始めたのであるから、初めて電灯に接した人々は、皆一様《いちよう》に、その明るさに驚嘆《きょうたん》し、仁田大八郎の名声は一段と高まった。

残念なことに、東海道本線の丹那《たんな》トンネルの開鑿《かいさく》による地下水の異常流失で、柿沢川の水量が激減《げきげん》し、水力発電に必要な水量を確保できず、駿豆電気株式会社は、大正末期に解散せざるをえなかった。

（丹那トンネルは、長さ七八四〇メートル、大正七年《一九一八》起工、昭和八年《一九三三》貫通、その翌年十二月に開通して運行を開始した。なお、現在の東海道新幹線の新丹那トンネル《長さ七九五九メートル》は、昭和三十九年《一九六四》に開通した）

このように仁田大八郎は、数々《かず》の事業を興《おこ》し、かつ、教育者としても立派な業績を残していたので、当然のことながら、田方郡下の地域住民は、大八郎の政治力を高く評価し、「田方郡函南村の村議会議員」と「田方郡会議員」に推《お》したのである。

こうして大八郎は、教育、実業、政治など各方面において大いに活躍した。

一方、田方郡下の経済界にも、事業資金円滑化の機運が高まり、大八郎は、田方郡下の有志と図って、「三島銀行」を設立、その取締役にも就任した。

そのほか、大日本畜産会北伊豆支部長、静岡県畜産組合連合会幹事などに選出されるなど、公私にわたって多くの役職に就任した。

六、田方農林学校を創立し校長となる

仁田大八郎が、東京駒場の農科大学で身につけた先進農芸化学は、伊豆地方の農民に強烈な刺激を与えた。

この当時、韮山中学校へ通学している生徒のほとんどは、地主などの有産階級か、教師などのインテリ層の子弟であって、農家の子弟は極《ごく》わずかであった。

大八郎は、自分が理想とする、農民の地位向上と意識改革を達成するには、

『無知《むち》こそ農民の人格《じんかく》の立《た》ち遅《おく》れ』

の問題を解決しなければならない。

そのためには、農民のための教育が必要であり、韮山中学校とは別の、

《農民にこそ必要な学問、技術》

を教える学校を創設しなければ駄目だと考えていた。

まず初めに大八郎は、自宅屋敷内に、

『私塾仁田塾』

を開設した。

この私塾には、毎晩、地域の青少年が大勢集まり、農業に関連する学問を熱心に学び、伊豆の人たちから、

『私立仁田農学校』

と、呼ばれて親しまれた。

仁田塾を開設した大八郎は、地域の農民に惜しみない愛情をもって接し、自分が東京の農科大学で学んだ農業の知識や技術を、農民たちに教えた。

しかし、彼一人が私塾でどれほど指導しても、それには限界があった。

（このままでは、多くの農民の意識改革と地位の向上を期待することはできない）

ということで、仁田塾の十倍も二十倍も規模と内容が大きく、充実した教育機関を創る必要があると考え、農業学校設立の構想ができていったのである。

一方、行政機関としても、農業振興を図るためには、農業の実務を教える実業学校の創設が必要であるという観点から、農業学校の設立機運が高まってきた。

田方郡会（現在の県議会と市町村議会の中間的な機関）においても農業学校の設立が計画され、明治三十五年（一九〇二）、仁田大八郎のところへ農業学校設立の話が提示された。

大八郎は、田方郡農会長の間宮清左衛門や、田方郡会の農業学校設立準備委員らと種々協議の結果、大八郎の『無知こそ農民の人格の立ち遅れ』の哲学と一致をみて、『私立仁田農学校』を発展的に解消《かいしょう》して、農業学校を設立することになったのである。

学校を設立するために、まず第一に決めなければならないことは、

①学校の規模をどの程度にするか

②その建設資金の調達《ちょうたつ》をどうするか

という基本事項である。

大八郎は、日頃から考えていた構想をベースにして、田方郡会議員をはじめとして、各方面の有力者と協議し、

①場所は、田方郡函南村塚本（現在の田方郡函南町塚本）

②建設資金三五〇〇円（現在の約十億円相当）は、

イ、静岡県出資……二〇〇〇円

ロ、仁田大八郎出資……一五〇〇円および農具、農業機械など

ハ、敷地……仁田家所有地一六〇〇坪（五二八〇平方メートル）
という案で、農業学校の設立計画が進んだ。

農業学校の設立計画が決まると、仁田大八郎は、

①敷地の測量
②建物の設計
③工事の監督
④行政機関（文部省、静岡県庁）への認可申請手続き

を行った。

その結果、

『勤勉、誠実、自治』

を教育理念として、
西の中泉《なかいずみ》農学校（現在の静岡県立磐田農業高等学校）に対し、
東の田方農林学校（現在の静岡県立田方農業高等学校）
と謳《うた》われる名門農学校が誕生したのである。

田方農林学校設立時の概要

認　可……明治三十五年（一九〇二）三月十二日

校　名……静岡県田方郡立田方農林学校

開　校……明治三十五年（一九〇二）四月十六日

校　長……仁田大八郎

教　員……教頭、望月精太郎（後の第二代校長）

教諭、津田勉造（後の第三代校長）

修業年数……三か年（乙種実業学校）

生徒数……一年生　二十五名（卒業時二十三名）

二年生　二十一名（編入）（開校後に中途入学があり、卒業時三十名）

仁田大八郎は、三十一歳で初代校長に就任し、大正八年（一九一九）四月に四十八歳で退職するまで、十八年という長い間校長を務《つと》め、今日の静岡県立田方農業高等学校の基礎固めに、心血と資金を注いだのである。

この当時の学校制度によれば、中等学校は、

イ、中学校

ロ、実業学校（明治三十二年、実業学校令公布）

農業学校

商業学校

工業学校

実業補習学校

に分類されていた。

田方農林学校は、静岡県における最初の農業学校中泉農学校《なかいずみのうがっこう》と共に、農業学校の双璧《そうへき》として、文字通り静岡県の中等実業学校を牽引《けんいん》したのである。

（中泉農学校は、明治二十九年《一八九五》開校時の校名を『磐田、豊田、山名三郡組合立中遠簡易農学校《ちゅうえんかんいのうがっこう》』といった）

開校時に仁田大八郎校長が苦心したのは、教科と教科書であった。やむを得ず、明治二十九年（一八九六）に開校された磐田郡見付町《みつけちょう》（現在の磐田市）の中遠《ちゅうえん》農学校（甲種農学校、現在の磐田農業高等学校）の教科に準ずることとし、教科書もそれに準じた。

ちなみに、当時の学科は、

一、修身《しゅうしん》
二、算術《さんじゅつ》
三、物理《ぶつり》
四、化学《かがく》
五、博物《はくぶつ》
六、気象《きしょう》
七、肥料《ひりょう》
八、耕種《こうしゅ》
九、園芸《えんげい》
十、病菌害虫《びょうきんがいちゅう》

十一、養《よう》蚕《さん》
十二、養《よう》蓄《ちく》
十三、農蚕製造《のうさんせいぞう》
十四、水《すい》産《さん》
十五、林《りん》産《さん》
十六、農業経済《のうぎょうけいざい》
十七、体《たい》操《そう》
十八、実《じっ》習《しゅう》
の十八科目であった。

参考

同時期に設立された農業学校
①中泉農学校（現在の静岡県立磐田農業高等学校）明治二十九年（一八九六）創立
②浜名郡蚕業《さんぎょう》農学校（現在の静岡県立浜松大平台高等学校）明治三十年（一八九七）創立

③御殿場実業学校（現在の静岡県立御殿場高等学校）明治三十四年（一九〇一）創立
④田方農林学校（現在の静岡県立田方農業高等学校）明治三十五年（一九〇二）創立
⑤沼津農学校（現在の静岡県立沼津城北高等学校）明治三十五年（一九〇二）創立
⑥藤枝農学校（現在の静岡県立藤枝北高等学校）明治三十六年（一九〇三）創立
⑦佐野農業補修学校（現在の静岡県立裾野高等学校）明治三十六年（一九〇三）創立
⑧周智農林学校（現在の静岡県立遠江総合高等学校）明治三十九年（一九〇六）創立
⑨小笠農学校（現在の静岡県立小笠高等学校）大正元年（一九一二）創立
⑩安倍農学校（現在の静岡県立静岡農業高等学校）大正三年（一九一四）創立

育英事業

仁田大八郎は、田方農林学校の創立時、生徒を募集するため、手弁当、脚絆《きゃはん》巻《ま》きで伊豆半島の各地を訪問した。

その時に、小学校で成績は良いが、経済的な事情で進学を諦《あきら》める生徒には、「農業の手伝いで進学を諦《あきら》めるというならば、雨の日に登校して勉強し、卒業すればよい」

「学費が無くて進学を諦めるというならば、私（仁田大八郎）の家から通学すればよい」と言って、進学を勧《すす》めた。

その頃、明治政府は、明治五年（一八七二）に制定した近代学校制度を推進するため、奨学金制度を制定し、これを全国に施行した。

田方郡に初めて奨学金貸費規程《たいひきてい》が一般に示されたのは、明治三十四年三月であった。

仁田大八郎は、早速、奨学金制度の研究を始め、自ら資金を拠出して、大正五年（一九一六）四月に、私設の育英機関、『田方タイムス社田方郡篤志育英部《とくしいくえいぶ》』を設置し、その責任者として育英事業（給付《きゅうふ》制度と貸費《たいひ》制度）を推進《すいしん》したのである。

育英事業は、さらに大正六年（一九一七）六月に、東京在住の三島町出身の医師宇野朗氏（医学博士で東京楽山堂病院長）が、同病院設立二十周年記念として、『田方タイムス社田方郡篤志育英部』の育英基金に一〇〇〇円（現在の三億円相当）を寄付し、多くの人々の耳目《じもく》を集めた。

その後、宇野博士の寄付に触発《しょくはつ》されて奨学金を寄付する篤志家《とくしか》が増加し、日本全国に『田方タイムス社田方郡篤志育英部』の名と共に、仁田大八郎の名声《めいせい》が広まった。

この篤志育英部が、他の育英資金の制度と大きく異なる点は、
①貸与を受けた奨学金の年間返済額は、総貸与額の十分の一以上とする。ただし、育英部で、やむを得ないと認めた時は、返済を延期できる。
②育英部の都合で、奨学金の貸与制度を廃止した時及び奨学金の貸与を受けた生徒が死亡した時は、返済を免除できる。
という点にあった。

雑誌社『田方タイムス社』の育英制度が進むに従い、創設者の仁田大八郎は、奨学生とその家族から感謝《かんしゃ》されたのは勿論、全国民からも感謝と賛辞《さんじ》が贈《おく》られ、静岡県の教育界に大きな足跡《そくせき》を残した。

七、耕地整理組合や畜産組合で地域をリードする

今、東北地方や新潟県の米どころを旅行すると、碁盤《ごばん》の目のように整地《せいち》された農地《のうち》を目にすることができる。この整然《せいぜん》とした農地も、元は雲形定規《くもがたじょうぎ》のような形をした田圃《たんぼ》がひしめいていたものである。

これが、明治三十二年（一八九九）に施行された耕地整理法《こうちせいりほう》の適用を受け、改良に改良を重ねて、今日の素晴らしい農地となったのである。

耕地整理とは、土地の利用を多目的《たもくてき》に活用し、米麦などの農産物の収穫《しゅうかく》を増加させる目的で、土地の交換《こうかん》・分合《ぶんごう》（分割と併合、分けて他に合わせること）、区画《くかく》・形状《けいじょう》の変更、開墾《かいこん》および道路・畦畔《けいはん》・溝渠《こうきょ》（給排水のために掘った溝《みぞ》）の変更《へんこう》・廃置《はいち》、湖海《こかい》の埋立《うめたて》・干拓《かんたく》または排水《はいすい》・灌漑《かんがい》などの設備の改良を行うことをいう。

仁田大八郎は、曲りくねった畦道《あぜみち》により複雑《ふくざつ》に区切られた伊豆地方の農地の現況《げんきょう》を、効率的、合理的な農地に改良しなければ、農家の生活向上は不可能だ。そのためには、耕地整理は絶対に必要だ、と農民を説いて回った。

そうして明治四十四年（一九一一）十月十五日に、函南村仁田耕地整理組合《こうちせいりくみあい》を設立し、

大八郎は組合長に就任した。

この間に、大八郎は、耕地整理の賛同者《さんどうしゃ》、西原助太郎や三田勇次郎らと、愛知県中島郡起《おこし》町へ視察見学会を実施《じっし》するなど、研究に研究を重ねていった。時に大八郎、四十一歳。

参考

田方郡下の耕地整理組合の設立状況

①田方郡三島町茅町耕地整理組合……明治三十四年（一九〇一）十二月二十七日
②田方郡土肥村土肥耕地整理組合……明治三十八年（一九〇五）八月五日
③田方郡北狩野村浮橋耕地整理組合……明治四十二年（一九〇九）二月七日
④田方郡西豆村八木沢耕地整理組合……明治四十二年（一九〇九）四月二十一日
⑤田方郡中郷村赤玉耕地整理組合……明治四十二年（一九〇九）十二月二十二日
⑥田方郡中郷村大場耕地整理組合……明治四十三年（一九一〇）十一月十九日
⑦田方郡函南村大土肥耕地整理組合……明治四十四年（一九一一）二月二十三日
⑧田方郡函南村柏谷耕地整理組合……明治四十四年（一九一一）二月二十六日
⑨田方郡対馬村池耕地整理組合……明治四十四年（一九一一）九月二十六日

⑩田方郡函南村仁田耕地整理組合　……明治四十四年（一九一一）十月十五日
⑪田方郡中郷村大場南部耕地整理組合　…明治四十五年（一九一二）三月二十七日
⑫田方郡函南村仁田西部耕地整理組合　…大正十年（一九二一）一月十五日
⑬田方郡函南村稲妻耕地整理組合　……大正十年（一九二一）一月十五日

このうち、耕地整理後の耕地面積が広かったのが、
1、中郷村大場南部耕地整理組合の五十三町歩（約五十三平方キロメートル）
2、三島町茅町耕地整理組合の四十八町歩（約四十八平方キロメートル）
であった。

当時、函南村周辺の農地は、冷水《れいすい》が各地で湧出《ゆうしゅつ》して稲作《いなさく》に支障《ししょう》があり、長い間、農家の頭を悩《なや》ませていたが、耕地整理によってこの問題が解決し、仁田大八郎は地域住民より大いに感謝されたのである。

また、大正七年（一九一八）着工、昭和九年十二月開通した国有鉄道東海道本線で最長の丹那トンネル（七・八四キロ）は、交通機関の発展に大いに寄与したが、その反面、トンネルの開鑿《かいさく》により、大量の地下水が湧出《ゆうしゅつ》して、田方地域の灌漑用水《かんがいようすい》が枯渇《こかつ》するという

マイナス面が生じた。

仁田大八郎は、直ちにその対策《たいさく》を講《こう》じ、大正十年（一九二一）一月十五日に仁田西部耕地整理組合を設立して組合長となり、さらに、柏谷《かしや》・仁田《にった》両地区からなる稲妻《いなづま》耕地整理組合を設立、来光川《らいこうがわ》の豊富な水を揚水《ようすい》ポンプで汲《く》み上げて乾田《かんでん》となった農地へ流し、十年余の間、枯渇《こかつ》に苦しんでいた水田を、見事に往時《おうじ》の良田《りょうでん》によみがえらせるという大事業を完成させた。

このように、函南村の農民は、丹那トンネル開鑿《かいさく》工事により被った農業用水の枯渇《こかつ》という逆水難《ぎゃくすいなん》（農業用水不足）から逃れることができたのである。

さらに、仁田大八郎は、米の収穫時以外に現金収入のなかった農家に、乳牛を飼育させ、牛乳を収荷《しゅうか》販売して生活の糧《かて》とさせていた。

ところが、平和な日本に突如として大きな悲劇《ひげき》が襲《おそ》った。

大正十二年（一九二三）九月一日正午前《しょうごまえ》、相模湾《さがみわん》を震源《しんげん》としたマグニチュード七・九の大地震《おおじしん》が発生し、関東全域にわたって甚大《じんだい》な被害《ひがい》をもたらした。

『関東大震災《かんとうだいしんさい》』の発生である。

被害は、
死者……九万九千人
行方不明……四万三千人
負傷者……十万人
被害世帯……六十九万世帯
におよび、京浜地帯は壊滅状態《かいめつじょうたい》となった。

この大震災は、伊豆地方にも大きな打撃《だげき》をあたえた。
そして世の中は、第一次世界大戦中の好景気が終わって不況となり、平和で豊かな生活を得つつあった伊豆の住民にも、その余波《よは》が襲《おそ》い掛《か》かり、住民は、周章狼狽《しゅうしょうろうばい》の極致《きょくち》に陥《おちい》った。

仁田村の農民、塚本儀十は、
「茂吉さぁ、折角、仁田の大八郎旦那が俺ら農家にも、現金収入があるようにといって、乳牛の飼育を指導して下さり、なんとかそれが軌道に乗り始めたかと思ったら、今度の大地震と不況で、牛乳がぜんぜん売れなくなり、値段は下がるし、どうしようもない。なんちゅうこった」

と、同じ村の酪農家青木茂吉に愚痴《ぐち》をこぼした。

「そうだ、本当に困ったもんだ。牛乳は搾《しぼ》るけんど、捨て場もない始末だ。知り合いに配って、無理に飲んでもらっているが、それでも牛乳が余《あま》ってしまう」

と、茂吉も半《なか》ば捨《す》て鉢気味《ばちぎみ》であった。

儀十は、ちょっと考えていたが、

「だけんど、大八郎旦那に、なにか良い案があるらしいが……」

と、先日、大八郎がふと漏《も》らした言葉を思い出した。

「儀十さぁ、その仁田の旦那さまの考えていることは何だい？」

「うん、俺もよくわからないが、俺らが一人、二人で牛乳を売っても、商人に太刀打ちできないから、田方の酪農家が一つにまとまって交渉するようにしたらどうだろうか。そうすれば商人《あきんど》に値をたたかれることもないだろうということらしい」

と塚本儀十は、仁田大八郎の構想の一端《いったん》を青木茂吉に話して聞かせた。

「なるほど、なるほど。仁田の旦那さまは、帝大を卒業しているだけあって、考えること

が違うわ」

と、茂吉は感心すること頻《しき》りであった。

ちなみに、その頃の物価は、

A、『牛乳』…二〇〇ミリリットル（約一合）が九銭（現在一〇五円、一一六六倍の値上がり）

B、『郵便はがき』…一枚が一銭五厘（現在五十二円、三四六六倍の値上がり）

C、『白米』…十キログラムが二円五〇銭（現在三七八〇円、一五一二倍の値上がり）

であり、現在の物価と比較すると、当時の牛乳は、かなり高価な飲料であった。

（フリー百科事典『ウィキペディア wikipedia』より）

仁田大八郎は、牛乳の生産過剰《せいさんかじょう》と安値《やすね》で苦しむ酪農家《らくのうか》の苦衷《くちゅう》を打開するため、田方農林学校第四期生（明治三十七年四月─明治四十年三月）で、腹心《ふくしん》の友、塩田利雄に、「塩田君、私は農家の人たちに、少しでも協力できればと思って酪農を勧《すす》めたが、大震災以後の不況で、かえって、みんなに苦労させているような状況になってしまった。さて、どうしたものかな」

と苦しい心中《しんちゅう》を打ち明けた。塩田利雄は、

「いやいや、これは一時的な現象だと思いますから、そんなに気にすることはありませんよ。そんな弱音を言うなんて強気の仁田さんらしくないですね」

と励《はげ》ました。が、本当のところ、塩田自身も不況という社会的な現象に対して、

(打つ手はないのでは……)

と思っていた。が、そんなことは言えないので、ただただ励ますのみであった。

そんなある日、大八郎は、

「塩田君、私は、田方郡下の酪農家の皆さんに少しずつ協力してもらい、組合のような団体をつくって、その組合で生乳《なまちち》を処理し、組合が牛乳を販売したらどうか。そのほうが、酪農家が一人で商《あきな》うよりも、はるかに効率的ではないか、と考えているのだ……」

と日頃の構想を打ち明けた。

すると、塩田利雄は、ポンと手を打ち、

「なるほど……、百軒、二百軒の酪農家がまとまって組合を創《つく》り、生乳《なまちち》を集乳《しゅうにゅう》から殺菌《さっきん》、瓶詰《びんづめ》、販売まで一貫して行えば、これは強力な生産販売団体となり、強者揃《つわものぞろ》いの

商人《あきんど》に対抗できるでしょう。これはいい案ですね。さすが仁田さんですね。考えることが違う。仁田さんの帝大卒《ていだいそつ》は、伊達《だて》ではない……………」

と、大八郎を勇気づけたり、励ましたりした。

大八郎は、農家の苦境《くきょう》を打開するため、

1　伊豆畜産販売購買利用組合《いずちくさんはんばいこうばいりようくみあい》の設立

2　牛乳処理工場《ぎゅうにゅうしょりこうじょう》の建設

3　低温殺菌生乳《ていおんさっきんなまにゅう》の東京での販売

を計画し、田方郡下の農家に協賛《きょうさん》を呼びかけた。

仁田大八郎は、大正十五年（一九二六）に、函南、韮山、伊豆長岡、大仁、修善寺、中伊豆などの農家の有志を集め、現在の社会情勢《しゃかいじょうせい》や経済不況《けいざいふきょう》の見通し、組合の業務内容などを、噛《か》んで含めるように、説明して組合参加を求めた。

幸い、多数農家の賛成により、一口五十円の出資を得て、『伊豆畜産販売購買利用組合《いずちくさんはんばいこうばいりようくみあい》』を、設立することができた。

組合が設立されると、大八郎は、組合員の満場一致の推薦により組合長に就任、直ちに駿豆鉄道大場《だいば》駅前に生乳《なまちち》の低温殺菌処理工場を建設した。

工場が建設されると、仁田組合長は、信頼する若き友、塩田利雄を工場長にして、早速業務を開始し、工場の従業員に集乳《しゅうにゅう》を指示した。

塩田工場長は、かつて農林学校下校中に、誤って用水路に転落した大八郎の幼い長男孝を救出した経緯《けいい》もあり、仁田家とは、公私にわたって密接な間柄でもあった。そのうえ、真面目《まじめ》で責任感が強く、かつ、勤勉家、努力家でもあり、多忙な大八郎に代わって工場を取り仕切るには、うってつけの人物であった。

塩田工場長以下従業員は、早速農家を一軒一軒回って生乳を集めた。が、当初計画していた量の生乳が、なかなか集まらない。

数日後の夕方、塩田工場長が、組合事務所の組合長席の前に来て、もじもじしながら、

「ご相談したいことがありまして……」

と言って口籠《くちご》もった。

「なんでしょうか？」

といって大八郎は、律儀《りちぎ》（実直《じっちょく》）な塩田工場長の日焼けした顔を見上げた。

塩田工場長は、

「実は、その……」

といったまま、拳《こぶし》を握《にぎ》りしめてなかなか口を開かなかった。

「……」

温厚《おんこう》な大八郎は、塩田工場長の言い出すのをじっと待っていたが、遂にしびれを切らして、

「塩田君、話してくれなければわからないよ。そんなに言いにくいことかね？」

と、塩田工場長の心情《しんじょう》を察しながら、やさしく諭《さと》し、話すように促《うなが》した。

すると塩田工場長は、

「はい、それが大変言いにくいことですが、どうも牛乳の集まりが悪いようで……」

と、ようやく重い口を開いた。

大八郎は、一瞬、

(塩田工場長は何を言うんだ)

と、思いながら、

「牛乳が集まらない？　それはどういうことかね？」

と、怪訝《けげん》な顔で問い質《ただ》した。

「集乳《しゅうにゅう》の初日はまずまずでしたが、二日目、三日目と少しずつ集乳量が減っていくのです」

大八郎は、塩田工場長が意外なことを言うものだと思い、

「牛の乳《ちち》の出が悪いのではないのか……」

と問うと、

「そうではないようで……」

と、塩田工場長は申し訳なさそうな顔をしているばかりで、話の核心に触れたがらなかった。

「それでは、集乳量の少ない原因は何《なん》ですか？」

温厚な大八郎も、塩田工場長の煮《に》え切らない態度に、少しいらいらしてきた。

「それが……」

「それが？ いったい何のことですか？」

大八郎は、立ち上がりかけて、半分腰を浮かした。

すると、塩田工場長は、もはやこれまでと観念《かんねん》して、

「実は……、農家の中に、『今度、組合で行う生乳の販売は大丈夫だろうか？ ちょ

っと心配だから、しばらく様子を見よう』という者がいるようです。それで農家の人が出荷量を控えている、ということのようです」

と、肩をすぼめ、うなだれて説明した。

大八郎は、

「君、何を言ってるんですか……。まだ事業を始めたばかりです。最初は、なかなか計画通りにいかないものです。だが、努力してやっていけば必ず成功します。初めからそんな弱気なことでは、できることも、できなくなってしまいます。工場長の君がそのようなことでは困ります。自信をもってやって下さい」

と励ました。

仁田大八郎という人物は、

『実《みの》る稲田《いなだ》は頭垂《あたまた》る』

(人は、学問や道徳的行為が深まるにつれて、考え方や行動が謙虚《けんきょ》になる)の諺《ことわざ》そのもののような人格者である。決して、上から命令してことを進めるような頑迷《がんめい》、高圧的な人ではない。

農家の人たちが動揺している。これは人任《ひとまか》せにはできないと判断し、農家の理解を得るために、翌日から、自《みずか》ら牛を飼っている農家を一軒、一軒回って、怒《おこ》らず、威張《いば》らず、焦《あせ》らず、腐《くさ》らず、根気《こんき》よく説明し、協力方《かた》を要請した。

このあたりが、仁田大八郎の傑物《けつぶつ》たる所以《ゆえん》である。

こうして、伊豆半島の北半分、田方郡下の集乳量が、少しずつ増えていった。

ちなみに、牛乳が生産され、家庭に配達されるまでの工程は、

①牛乳は、肥沃《ひよく》な牧草地で、たくさん牧草を食べた乳牛から搾乳《さくにゅう》される。
②搾乳された牛乳は、集乳所へ集められ、タンク車で乳製品の製造工場へ運ばれる。
③工場へ運ばれた牛乳は、検査してから、一旦受乳槽《じゅにゅうそう》へ貯えられる。
④貯えられた牛乳は、受乳槽から清浄機《せいじょうき》へ移され、ゴミなどを除去してきれいな牛乳にする。
⑤きれいになった牛乳は、均質機《きんしつき》で牛乳に含まれている脂肪を細かくされる。
⑥さらに、殺菌機で細菌を完全に殺菌する。
⑦無菌《むきん》になった牛乳は、冷却機で、摂氏四度以下に冷却される。

⑧冷却された牛乳を、瓶詰打栓機《びんづめうちせんき》で瓶に詰めて蓋《ふた》をする。
⑨牛乳の入った瓶は、箱に詰められ、冷蔵庫で摂氏十度以下の低温で保管される。
⑩瓶詰の牛乳は、配達日の早朝、牛乳小売店を通じて学校や家庭など消費者に配達される。
（学習研究社『学研現代百科事典』一九六五年、二巻、五三五頁）


牛乳の生産工程で問題になったのが、牛乳の酸度《さんど》が高くなる現象である。いわゆる《牛乳の変質《へんしつ》》である。

この牛乳の変質は、アルコールを牛乳に混ぜて検査する過程で、牛乳とアルコールが分離状態になる不良品の問題で、組合長である仁田大八郎は、これを改良するために塩田工場長らと手を尽くした。が、初めはなかなか思うようにいかず、ほとほと困却した。

大八郎は、

「塩田君、生乳《なまちち》の加工の具合はどんなですか？」

「それが組合長、どうも検査の段階でうまくいかなくて……」

大八郎と塩田工場長は、牛乳の変質をなくすために苦心し、主な従業員と一緒になって研究した。

「それでは塩田君、検査の時に使う試薬《しやく》の量や、試薬を入れるタイミングなどをいろいろ変えてみてはどうだろうか……」

とアドバイスし、自分も一緒になってテストにテストを重《かさ》ねた。

そして、試行錯誤《しこうさくご》の末、牛乳の変質問題をなんとかクリアできた。


仁田大八郎が立ち上げた伊豆畜産販売購買利用組合は、口伊豆《くちいず》（三島、函南周辺）は勿論、中伊豆方面（伊豆半島の天城山から北の地域）の農家からも牛乳を集め、それを工場で低温殺菌して瓶に詰め、東京で販売することにした。

ところが、この組合は新規参入であるので、計画通りに売れない日がしばらく続いた。都合が悪いことに、大正十二年（一九二三）には関東大震災が起こり、さらに昭和二年（一九二七）には、銀行が倒産するなど『金融恐慌《きんゆうきょうこう》』が発生して、売れ行き不振が続いた。

こうした経済不況が日本全国に襲いかかり、不景気が追い打ちをかけるように庶民の懐《ふところ》を直撃《ちょくげき》したため、庶民の生活は苦しくなるばかりであった。

庶民の生活が苦しくなれば、牛乳販売も計画通りに行かず、牛乳販売業界も、熾烈《しれつ》な販売競争に明《あ》け暮《く》れた。

仁田大八郎は、

（このままでは駄目だ。わが組合の牛乳は新規参入だ。いくら牛乳の品質が良いと説明しても、なかなかお客様に理解してもらえない。他社の牛乳との差別化を図《はか》らなければ駄目だ。それにはどうすべきか……）

を考えた。そして組合牛乳を、

『カルシューム豊富な三島牛乳』

と命名《めいめい》し、『カルシュームが豊富な三島牛乳』をキャッチフレーズとしたブランド品として販売することにした。

大八郎は、なかなかのアイデアマンである。

大八郎は、田方郡下の生乳を集めて低温殺菌処理し、これを瓶詰めにして、販売することにした。しかし、この瓶詰牛乳を、最高の鮮度《せんど》を保ったまま、東京に送る方法がない。思案《しあん》に思案を重ね、伝手《つて》を頼ってあちこちの輸送機関と交渉した結果、東海道本線の冷蔵貨車に積んで東京に送って売り出すことにした。

このように苦労して始めた瓶詰《びんづめ》牛乳の販売事業は、実に画期的で、全国で初めての試みであったので、世間の耳目《じもく》を集めた。

この新しい牛乳販売方法が功を奏し、三島、函南を含めた田方郡下の農家は、酪農の先進地として、全国にその名を馳せた。が、この画期的な乳製品の販売事業は、いうなれば大八郎のアイデア、企画力、決断力の賜物《たまもの》であった。

八、教頭望月精太郎の人となり（人柄）

静岡県立田方農林学校（現在の静岡県立田方農業高等学校）は、明治三十五年（一九〇二）四月、創始者仁田大八郎が、
『郷土の発展、産業の振興は、人材の育成にあり』
の真理と、
「校訓」の
『誠実、勤勉、自治』
を建学の精神とし、農業に従事する子弟の教育に専念するため、私財を投じて創立した

学校である（『耕友讃歌』一頁、二頁）。

すでに述べたように（第一章の六）、田方農林学校は、乙種農学校として開校されたが、開校当初は、校舎の建設が間に合わず、仮小屋を建てて教室にした。

開校に先立ち、仁田大八郎は、軍務に就いている望月精太郎（開校時の初代教頭《後に二代目校長》となる）に、

望月さん、日々すがすがしく軍務に従事され、この上もなくおめでたいことと拝察申しあげます
私は日々何ごともなく過ごしておりますので、ご放念ください
さて前々から計画中の農林学校設立につきまして、三月上旬に、文部省（現在の文部科学省）に出向いて農林学校創立について交渉するため、田方郡長と郡視学《ぐんしがく》に面会して、お二方のご意見をお聞きしたところ、いずれも賛成してくださいましたので、ご報告申しあげます

と、手紙を出している。

望月精太郎は、大八郎が『三顧《さんこ》の礼』（目上の人が礼を厚くして、人に仕事を引き受けてくれるように頼むこと『広辞苑』）をとって、田方農林学校の教員に招聘《しょうへい》した人物である。

大八郎は、自宅の屋敷内に、地域の人々から、

『私立仁田農学校』

と呼ばれている
『私塾仁田塾』

を開いていたが、それはあくまでも私塾である。今度開校する農林学校は、文部省の定める規定に沿った正規の中等学校で、昔の寺子屋を少し大きくした程度の私塾とはスケールが違い、大八郎が一人で指導できるものではない。中等学校を運営するためには、大八郎以外に、立派な指導者が必要である。

大八郎は、熟慮の末、望月精太郎に白羽の矢を立てて、教員に招聘したのである。

では、それほど大八郎が惚れ込んで招聘した望月精太郎とは、いったいどんな人物であったのか……？

望月精太郎の経歴
出生日《しゅっしょうび》　明治十二年（一八七九）六月九日
出生地　静岡県田方郡北上村壱丁田《いっちょうだ》（現在の静岡県三島市壱丁田）
両　親　父、望月精一
　母、望月さき
　精太郎は、農業望月家の長男として、壱丁田の田園地帯に生《せい》を受ける
学　歴　明治二十六年（一八九三）私立伊豆学校（現在の静岡県立韮山高等学校）に入
　学（十四歳）
　明治二十九年（一八九六）東京開成中学に入学（十七歳）
　明治三十年　（一八九七）東京帝國大学農科大学農業実科に入学（十八歳）
　明治三十三年（一九〇〇）同大学を卒業（二十一歳）
職　歴　明治三十三年（一九〇〇）短期志願兵として、陸軍静岡連隊に入隊（二十一歳）
　明治三十五年（一九〇二）静岡連隊を除隊（二十三歳）、直ちに、仁田大八郎
　に協力し田方郡立田方農林学校設立準備に尽力する
　明治三十五年（一九〇二）四月一日、田方農林学校教頭となる（月給四〇円）

明治三十六年（一九〇三）日露戦争が始まって応召、静岡連隊に入営し、大連、奉天などの中国大陸に転戦

大正八年（一九一九）田方農林学校校長となり、高等官七等に任ぜられる（四十歳）

（静岡県立田方農業高等学校、創立百周年記念誌『耕友』二三四頁以下参照）

精太郎の出生地《しゅっしょうち》の静岡県田方郡北上村壱丁田（現在の静岡県三島市壱丁田）は、ＪＲ東海道新幹線三島駅から一キロほど東京方面へ行ったところの左側の集落である。

精太郎は、東京では函南村丹那の川口俊介氏と共に、仁田大八郎氏の実弟、直氏宅（港区西麻布）に下宿して、農科大学に通学した。

この直氏宅は、かつて、静岡県小笠郡出身で、ビタミンＢ１の抽出《ちゅうしゅつ》に成功した鈴木梅太郎博士も下宿したお宅である。

精太郎は、三年間の大学生生活を送った後、軍事優先の時局の要請に従って、志願兵として陸軍静岡連隊に入隊、二年間の兵役を務めて明治三十五年に同連隊を除隊（二十三歳）、兵役中に仁田大八郎氏から郡立農学校の設立に協力して欲しいと懇請されていた

経緯《けいい》もあり、仁田大八郎と協力して郡立農学校の設立準備作業に就いた。

幸い郡立農学校は、同年三月、静岡県田方郡立田方農林学校として設立が認可され、精太郎は同校に奉職、教頭職に就任した。

望月精太郎は、田方郡北上村壱丁田の自宅から、田方農林学校へ自転車に乗って通勤した。当時自転車は、高価で、かつ、大変ハイカラなものであったので、あまり乗る人はなかった。勿論、自転車通学する生徒は皆無であった。

精太郎は、大変ユニーク（愉快）な人で、雨降りの日などは、農作業などで被《かぶ》る菅笠《すげがさ》をかぶり、合羽を着て自転車通勤し、みんなをびっくりさせたという逸話が残っており、彼の飾《かざ》らぬ人柄の一端を表わしている。


時局は風雲急を突き、かねてから南下の機会を狙っていたロシアは、シベリア鉄道の建設に乗り出すなど、アジア（満洲）への進出を始めてきた。このロシアの動きは、朝鮮半島を勢力下におこうとする日本にとって大きな脅威《きょうい》となってきた。

日本は、日清戦争（明治二十七、八年戦争）の勝利により、朝鮮の独立を清国《しんこく》に認めさせたが、ロシアは、次第に朝鮮へ勢力を伸ばし、清国山東省で蜂起《ほうき》した義和団《ぎわだん》の排外《はいがい》運動を鎮圧《ちんあつ》した北清事変《ほくしんじへん》（義和団事変）後も満州に大軍を駐留させて、事実上満州を支配下に置き、さらに朝鮮半島への進出気配を示してきた。

こうして南下を窺《うかが》うロシアと、日本との関係は、満州問題と朝鮮問題を巡って険悪《けんあく》な状況となってきた。

日本は、満州、朝鮮問題についてロシアと交渉を続けたが、ロシアは日本が主張する朝鮮半島の軍事的・政治的権益を認めず交渉は決裂。

明治三十七年二月八日、日本陸軍は朝鮮の首都、京城《ソウル》郊外の仁川港に上陸、海軍は遼東半島の軍港旅順を奇襲《きしゅう》して、日露両国間に戦闘の火ぶたが切られた。

この戦争は、日本にとって十年前の日清戦争の次に戦った、二度目の大きな対外戦争であった。

日本政府は、大国ロシアを相手とする戦いは、軍事面においても、戦費面においても苦しいことを予測して、イギリス、アメリカに外債の引き受けを依頼するなど、経済的援助を受けて戦いを開始した。が、日本政府は、心のうちではアメリカが調停に乗り出してくれることを、大いに期待するところがあった。

因《ちな》みに、
西南戦争（明治十年）の戦費が四一〇〇万円（当時の日本の全歳入金が四〇〇〇万円）。

日清戦争（明治二十七～八年）の戦費が二億円余。

日露戦争（明治三十七～八年）の戦費が十六億六〇〇〇万円余（この金額は、当時の日本の全歳入金の七倍に当たる金額）。

いかに戦争に金が要るかが分かる。


わが陸軍省と海軍省は、日露戦争が始まると同時に、軍事力増強のため、予備役になっている軍人にも召集令状を発令した。

日露戦争の開戦は、静岡県東部の田舎にある田方農林学校にも影響を及ぼしてきた。

田方農林学校においても、新学年度早々、教頭望月精太郎ほか二名の若い教師のところに招集令状が届いた。そして、三人の教師が、同じ日に静岡連隊に入営することになった。

召集令状を受け取った教頭の望月精太郎は、タンスに大切にしまってあった軍服を取り出し、入念にブラシをかけてから、上着の袖に腕を通した。するとからだがギュッと引き締まった。

「よし！　お国のためだ、やってくるぞ」

　精太郎は、全身に熱い闘志が沸《わ》き上がってくるのを感じた。

　学校では、名誉ある召集を祝って、盛大なる壮行会を計画した。

　生徒たちに慕われている望月教頭の出征である。生徒たちにも高揚感が盛り上がった。

　この年の四月に入学したばかりの田方郡御園村《みそのむら》（現在の静岡県三島市御園）の塩田利雄は、

「俺たちは、望月先生を慕《した》って田方農林学校に入学したのに……」

　と残念に思った。が、お国のために出征するのだから、と悲しくなる気持ちを振り切った。

　塩田利雄は、弱冠十五歳ながらリーダー的なところがある少年で、下校時に、

「オイ、浅田君、石橋君、望月先生の栄えある出征だから、俺たち生徒も盛大な壮行会をやろうじゃあないか……」

　と、仲の良い同級生の浅田良治と石橋敬司に話を持ちかけた。浅田と石橋は、

「そうだ、そうだ！　やろう、やろう！　わが校から一度に三人もの出征軍人が出るなん

てことは、かってないことだし、今後もないだろう」

「全校あげて栄えある出征を祝おう」

と賛同した。早速三人は、それぞれ手分けして同級生をはじめ、二年生、三年生に声をかけて壮行会の準備を始めた。

四月十五日。今日は、望月教頭ほか二名の先生の、出征の日である。

校庭には、在校生は勿論、仁田校長以下全教師、在校生の父兄などが整列した。

仁田校長から出征を祝う言葉が述べられたあと、出征する三人の教師を代表して、望月教頭が整列した在校生に訓示を述べた。

「生徒諸君、この度わたくし達三人は、かずかずの武勲《ぶくん》に輝くわが大日本帝国陸軍静岡連隊に入隊することになりました。ひとたび命を受けたからには、身命を擲《なげう》ってお国のため、国民のために、一身を捧げる覚悟であります。そして、必ずや、仇敵《きゅうてき》ロシア軍を打ち破り凱旋《がいせん》いたします。生徒諸君も日々学業を研鑽《けんさん》して前途有為《ぜんとゆうい》な人となり、リーダーとなって、地域のため、お国のために尽くされんことを期待しています、では行ってまいります」

と出征の決意を述べられた。

続いて二人の先生の挨拶があり、在校生代表の三年太田茂夫から歓送の辞があり、最後に、最近はやりの軍歌『敵《てき》は幾万《いくまん》』を歌って、出征する先生を送り出すことになった。

軍歌の指揮は、異例のことながら、校長の指名で、壮行会を準備した一年生の塩田利雄が執ることになった。塩田は、突然の指名で気が動転したが、

「塩田、がんばれ……」

と同級生に励まされて、朝礼台に登壇《とうだん》した。だが、塩田は、いまだかって、このように晴れやかな舞台に立ったことがない。緊張のあまり足ががくがく震え、一瞬声が出なかった。が、目を閉じ、臍下丹田《せいかたんでん》（下腹部）にグッと力を入れると次第に落ち着いてきた（下腹部に力をいれると、元気と勇気が湧いてくる）。

「よし、やるぞ！」

塩田は、落ち着きを取り戻して、軍歌合唱のタクトを元気よく振った。

「それでは皆さん、軍歌《敵は幾万》を合唱して先生方を送ります。お願いします……」

「アイン　ツバイ　ドライ！　ハイー……」

敵は幾万ありとても
すべて烏合《うごう》の衆《しゅう》なるぞ

烏合の衆にあらずとも
味方に正しき道理《どうり》あり
邪《じゃ》はそれ正《せい》に勝ちがたく
直《ちょく》は曲《きょく》にぞ勝栗《かちぐり》の
堅《かた》き心《こころ》の一徹《いってつ》は
石に矢の立つためしあり
石に立つ矢のためしあり
など恐《おそ》るる事やあり
などでたゆとう事やある

風に閃《ひらめ》く連隊旗《れんたいき》
しるしは登る朝日子《あさひし》よ
旗は飛びくる弾丸《だんがん》に
破るるほどこそ誉《ほま》れなれ
身《み》は日《ひ》の本《もと》のつわものよ

旗にな恥じそ進めよや
斃《たお》るるまでも進めよや
裂《さ》かるるまでも進めよや
旗にな愧《は》じぞ恥《は》じなせそ
などで恐るる事やある
などでたゆとう事やある

破《やぶ》れて逃《に》ぐるは国の恥
進みて死ぬるは身の誉《ほまれ》
瓦《かわら》となりて残るより
玉《たま》となりつつ砕《くだ》けよや
畳《たたみ》の上にて死ぬ事は
武士《ぶし》のなすべき道ならず
むくろを馬蹄《ばてい》にかけられつ

身を野晒《のざらし》になしてこそ
世にもののふの義といわめ
などで恐るる事やある
などでたゆとう事やある

と、生徒たちは声をそろえて軍歌を大合唱し、壮行会は無事終了した。

壮行会が終わると、教頭望月精太郎は、開校して一年目の田方農林学校を後に、後ろ髪をひかれる思いで、東海道線三島駅から汽車に乗り込み、静岡連隊に向かった。

やがて汽車が動き出すと、精太郎たち出征兵士は、それぞれ窓から身を乗り出し、見送りの人たちの姿が見えなくなるまで、

「行ってくるぞ………」

「勝ってくるぞ………」

「あとを頼むぞ………」

と手を振り、一方、見送りの生徒たちは、

「望月せんせいー　行ってらっしゃい………」

と叫び続け、手を振り続けた。

幸い戦況は、日本軍が優勢のうちに進められ、明治三十八年（一九〇五）一月には、乃木希典《のぎまれすけ》陸軍大将が司令官を務める第三軍団の猛攻撃で、旅順が陥落。続いて、同年三月には奉天を占領。

一方《いっぽう》海軍は、同年五月、連合艦隊司令長官東郷平八郎《とうごうへいはちろう》元帥率いる日本艦隊が、日本海海戦で世界最強を誇るロシア海軍のバルチック艦隊を打ち破るなど、赫赫《かくかく》たる戦果を挙げ、日本の国力を世界に示した。

余談ではあるが、この戦いで名声を博した東郷元帥は、国民的英雄となり侯爵を叙《じょ》された。

乃木将軍は、旅順攻撃で長男と次男を同時に戦死させている。日露戦争で武勲を挙げた乃木将軍は男爵を叙され、その後、学習院院長となったが、明治天皇の大葬の当日、自邸において静子夫人とともに殉死《じゅんし》した。

（殉死とは、主君が死んだとき、あとを追って臣下が死すること）

斯《か》くして望月精太郎は、静岡連隊に入営したのち、満州の大連《だいれん》や、奉天《ほうてん》などの中国各地を転戦したのである。

満州の大連《だいれん》は、現在の中国、リャオニン（遼寧《りょうねい》省）のターリエン（大連）

満州の奉天《ほうてん》は、現在の中国、リャオニン（遼寧《りょうねい》省）のシェンヤン（瀋陽）

望月精太郎は、日露戦争従軍中に、田方農林学校教員の津田勉造（のちに第三代校長になる）より、栄えある第一回卒業式（明治三十八年三月）の様子を記した手紙をもらって感激し、この手紙を四年間の軍隊生活中、常に携帯して、折に触れ、取り出しては読んでいたという。四年間の軍隊生活中、彼の頭の中は、軍隊と田方農林学校しかなかったのである。

この手紙は、現在も望月家に保存されているということである。

《望月精太郎、田方農林学校に復職》

また彼は、除隊に際して従軍中の勲功に対して軍人として最高の栄誉である『金鵄《きんし》勲章《くんしょう》』及び『勲六等旭日章』を授与されている。

望月精太郎の軍隊における階級は陸軍歩兵少尉で、明治三十九年（一九〇六）二月に復員し、直ちに田方農林学校に復職したのである。時に望月精太郎、三十歳。

さらに、望月精太郎は復職に際し、内閣より特別に『辞令』を交付され、増俸されているが、地方の農林学校の教員として他にあまり例のない取り扱いで、いかに彼の従軍中の功績が大きかったかを顕《あらわ》している。

《寄宿舎建設》

明治四十四年（一九一一）には、耕友会（卒業生の団体、校友会のこと）の協力を得て田方農林学校に寄宿舎が建設され、在校生は勿論のこと、その父兄も参加して盛大に落成式が催された。

《教頭が田方農林学校の運営管理を代行》

望月精太郎教頭は舎監《しゃかん》（寄宿舎の監督者）を兼務することになり、さらに仁田大八郎校長が、大日本農業会委員（現在の全国農業中央会理事）や、静岡県畜産連合会会長、三島銀行取締役、函南農会長（現在の三島函南農協組合長）など、多くの役職を兼務していたので、田方農林学校の運営管理を代行した。

《望月精太郎、田方農林学校第二代校長》

大正八年（一九一九）、仁田大八郎校長が三島銀行頭取に就任するため校長職を退き、それに伴い、望月精太郎教頭が田方農林学校第二代校長に就任した（教頭は津田勉造）。時に望月精太郎、四十二歳。

《甲種実業学校昇格、静岡県立田方農業学校となる》

田方農林学校では、郡立学校（乙種）から県立学校に移管と同時に甲種農学校への昇格運動が始まった。

大正十年（一九二一）、望月精太郎校長は、田方農林学校が静岡県立の甲種農学校に昇格し、さらに県内の有力中等学校として発展するためには、

「校長は、仁田大八郎初代校長のように、東京帝国大学（現在の東京大学）卒業の農学士でなければ駄目だ」

と心に決め、校長在職二年三か月（教頭職を含め通算在職十九年）で、校長職を退いた。

だが、この時代、伊豆の田舎では、東京帝国大学卒業の農学士はそう簡単には見つからなかった。

やむを得ず望月精太郎校長は、東京帝国大学卒業の農学士の校長が来るまで、自分の後輩である《津田勉造教頭》を、第三代田方農林学校長に推薦した。

津田勉造第三代校長は、田方郡北狩野村牧之郷（現在の伊豆市牧之郷）出身、旧姓は飯田、田方郡江間村（現在の伊豆の国市江間）生まれで、伊豆学校を卒業後、東京の農科大学に進み、同大学実科を卒業して創業（開校）二年目の田方農林学校に就職し、教頭を経て校長となる。

しかし、津田勉造第三代校長も、前任の望月精太郎校長と同様、東京帝国大学卒業の農学士でないことを理由に、校長在職期間十一か月で退職（通算十九年在職）し、帝大卒の鈴江豊一にバトンを引き継ぐこととなり、同時に甲種農学校昇格と県立農学校移管が内定した。

大正十一年（一九二二）三月、田方郡立田方農林学校は、甲種実業学校に昇格、校名も静岡県立田方農学校となった。と同時に、鈴江豊一が第四代校長に着任した。

鈴江豊一第四代校長は、待望の東京帝国大学農学科卒業の農学士で、人格、風采ともに立派で、甲種農業学校の校長にふさわしい人物であった。

鈴江豊一第四代校長の着任で、先進農学校である中泉農学校（現在の県立磐田農業高等学校）、藤枝農学校（現在の県立藤枝北高等学校）に匹敵する実力派の農学校となり、鈴江豊一第四代校長の招聘《しょうへい》に奔走《ほんそう》した望月精太郎の欣喜躍如《きんきやくじょ》の様子（大喜びの姿）が目に見えるようである。

大正十二年（一九二三）三月、学校施設も教育内容も県立農学校にふさわしく充実していった。即ち、同窓生が強く望んだ二階建て校舎の実現は叶《かな》わなかったので校舎を増改築し、さらに、函南村よりの寄贈で運動場および耕地を拡張することができた。また、耕友会からの寄贈で講堂を建造することもできた。

一方、甲種農学校に昇格したことにより、生徒の募集が容易になり、在校生も増加して寄宿舎の建設が急務となり、同年に着工、翌年には二階建ての寄宿舎が完成した。この二階建て寄宿舎は、奥伊豆の西海岸、賀茂郡松崎村（現在の賀茂郡松崎町）の蚕業《さんぎょう》組合の建物を譲り受けてこれを解体し、松崎から田方農学校まで、仁科峠越えで約七〇キロメートルの山道を馬力《ばりき》（荷馬車）に積んで運んだと言われている。大変な労力である。

現在、当時の姿のまま残っている建物は、講堂（後に卓球場となる）のみである。この講堂は耕友会会員の募金によるものである。

その当時の耕友会会員は、全員が望月精太郎の教え子で、その強烈な愛校心とパワーには、驚嘆《きょうたん》すると同時に、敬服の一語に尽きる。

これら一連の施設の拡充は、仁田大八郎、望月精太郎、津田勉造ら歴代の校長をはじめ、教職員、耕友会会員の諸先輩、その他各方面よりのご支援の賜物である。

(『創立百周年記念誌「耕友」』二三四頁以下より)

九、修業年限一年の蚕業科《さんぎょうか》を併設

大正三年(一九一四)四月十六日、田方農林学校に修業年限一年の蚕業科が設けられた。

ご存知のように、絹《きぬ》は、天然繊維で、蚕《かいこ》の繭《まゆ》から繰糸《そうし》した生糸《きいと》である。

この生糸で織《お》った絹織物は、肌に柔らかい感触を与え、布には光沢があり、しかも軽くて保温力があるので、高級衣料として珍重《ちんちょう》され、特に女性は高級衣料として愛用した。

生糸や絹織物は、中国、ソ連、インドなどでも生産しているが、日本の生糸、絹織物の生産高は、世界第一位である。ヨーロッパの絹織物は高い評価を得ているが、原料の生糸はすべて日本などから輸入している。

古来より、伊豆や駿河地方には蚕《かいこ》の飼料である桑が、山野に自生しており、特に気候が温暖な伊豆地方は蚕の飼育に適していたので、農家はどこでも養蚕が盛んであった。

また、天然の蚕も沢山生育していた。この山野に自生している蚕を『天蚕《てんさん》』といい、田方郡函南町平井を通っている県道十一号線（熱海函南線）と熱海街道との分岐点を『天蚕』と呼び、バスの停留所の名前にもなっている。

この『天蚕《てんさん》』の地名（バス停の名称）は、ここに『天蚕飼養所』（地籍は、「函南町平井字御座松」）があったことに由来している。

『天蚕』は、農家が人手を加えて飼養する『家蚕《かさん》』に対応する名称で、天産蛾科《てんさんがか》に属する野生の蚕で、体は大きく、家蚕に似ていて、櫟《くぬぎ》や楢《なら》の葉を食べて成長する。

蚕は、通常四回の眠（脱皮を行うために静止して、桑を食べない状態）を経て、脱皮して成長し、緑色の絹糸を吐いて楕円形の繭をつくる。繭からとった糸で紡いだ絹布は、布の女王として珍重される。農家では、養蚕により生産された繭から生糸を生成して販売したので、生糸は農家の貴重な現金収入源となった。

このように伊豆地方の農家で養蚕が盛んになったので、田方農林学校においても、蚕業の技術者を養成する必要が生じ、大正三年（一九一四）四月十九日、修業年限一か年の蚕業科を設立した。

（田方農業高等学校創立一〇〇周年記念誌『耕友』二二四頁による）

しかし、残念なことに蚕業科は、大正十一年（一九二二）に廃止されてしまった。

《参　考》

学研『現代新百科事典②、⑥』によれば、絹織物の生成過程は、まず、蚕が幼虫から蛹《さなぎ》になるとき、自らの分泌物（糸）によって作る「から状」の「おおい」を「繭」といい、繭の糸をほぐして生糸を生産する。

（蛹《さなぎ》とは、蚕が幼虫から成虫に移る途中で食物を摂るのをやめて脱皮し、じっと動かないでいる状態をいう）

蚕が繭を作る時に分泌する絹糸は、一五〇〇メートルともいわれている。

十、仁田大八郎、政治家となる

田方農学校が所在する静岡県田方郡函南町は、静岡県東部の伊豆半島の北部（富士山側で、口伊豆《くちいず》に当たる地域）に所在している。この口伊豆《くちいず》地域には、静岡県の五大河川の一つである一級河川の狩野川《かのがわ》が流れている。

狩野川は、太平洋沿岸で唯一南から北へ向かって流れる大河で、伊豆半島天城峠に源を発し、大見川、船原川、桂川、来光川、大場川、柿田川、黄瀬川の支流を合流し、沼津市内の中心を流れて駿河湾に注いでいる。上流地帯は木材、山葵、椎茸などの産物が多く、下流地域は、田方平野の水田地帯を形成していた。

四季を通じて水量が多く、材木を始め伊豆半島から採れるさまざまな農産物の運搬には欠かすことのできない水の交通機関であった。

狩野川の全長は十二里（約四十八キロ）、伊豆の暴れ太郎の名があり、雨季ともなれば、滔々《とうとう》と流れる本流は、暴れ太郎の名の如く、両岸の堤を削り取って、流域の住民に大きな被害をもたらした。

護岸が完全でなかった狩野川は、現在と違って川幅も広く、左右に大きく蛇行していて、川底も深く、大きな船が修善寺町小立野まで悠々航行されていた。

当時は、まだ、堤防工事の技術も未熟で、絶え間無い氾濫《はんらん》で川幅も広がり、支流の大場川《だいばがわ》と来光川《らいこうがわ》が合流する仁田村《にったむら》と対岸の日守村《ひもりむら》との川幅は六百間《ろっぴゃくけん》（約一キロ）、水深は十尋《とひろ》（約

二十メートル）もあった。

川を挟《はさ》んだ仁田村と日守村には、それぞれ船で運ばれてくる伊豆半島の産物を積み降ろしする船着き場があり、二つの村はお互いに勢力を争ってきた。時には船荷の権利を争い、船荷を奪い合って引き起こした流血の惨事《さんじ》も一度や二度ではなかった。

仁田大八郎は、このような氾濫《はんらん》や事件の発生を防がんとして、護岸工事の推進と、被害農家の援助を行政官庁へ陳情した。

仁田家では、屋敷や所有する田畑を削って、屋敷の裏を流れる来光川の堤防を補強し、梅雨期や秋霖《しゅうりん》期の洪水から地域住民を護《まも》った。


昭和初期の政界は、憲政会と政友本党が合同して結成された立憲民政党と、士族や官僚が中心になって組織された立憲政友会の二大政党が激しく対立していた。

昭和七年（一九三二）、時の政友会総裁犬養毅《いぬかいつよし》が衆議院を解散した。両政党の政治家は勢力拡大のため、地方の有力者を自政党から立候補させようとしていた。

伊豆半島に強い指導力をもつ仁田大八郎のところにも、政党からの立候補の要請があった。しかし大八郎は、「自分は政治には不向きである」と言って辞退していたが、地域の農民からの要請もあり、遂に立候補を決意した。政争に巻き込まれることを嫌った大八郎は、無所属で立候補した。

「仁田大八郎出馬」

の情報が流れるや、県立田方農学校の耕友（卒業生）は、一致団結してこれを応援して選挙活動を始めた。耕友は、すでに伊豆半島の各農村の有力者として活躍していたので、耕友パワーは力強く、一か月の選挙戦を勝ち抜き、同七年二月二十一日、立候補者八名中、最高点を獲得して見事に当選した。地元の函南村では、千五百余票を獲得して圧勝した。

代議士時代には、のちに内閣総理大臣になった政治家、鳩山一郎氏と親交が深く、伊豆を訪れた鳩山氏を自宅に招いて会談を重ねた。

このとき鳩山氏が揮毫した、

「為仁田老兄」

の書が、当時の写真とともに仁田家に残っている。

十一、農村振興に尽くす

私たちが家を建てるとき、吉凶に関係する位置や方向、間取りなどを考慮して工事に着手することがある。

これは古代中国に起源する陰陽五行説の思想で、万物は、陰・陽の二気より生じ、金・水は陰に、木・火は陽に属し、土はその中間にあり、これらの消長によって天地の変異、禍福、吉凶が生ずるといわれる思想に起因する。

この思想は、学問・科学が進歩した今日でも、実生活に根強く残っている。

この点、新しい学問を身に着けた仁田大八郎は、こういった科学的な根拠のない悪しき風習を捨て、合理的な信念を持っていたので、屋敷の方位が悪い、玄関や台所が悪いなどということには、一切気にしていなかった。

仁田大八郎は、鎌倉時代から続く仁田家の家門の名誉を護り、自ら学んだ農学の知識を地元のために惜しみなく使ったので、地元民の信望は増すばかりであった。

大八郎は、未明に起き、夜は遅く帰宅し、外出時には行く先のみを家人に告げるのみで、用件は語らず、帰宅後もその日の結果を語ることはなかったということであった。

これは、家人に余分な気を使わせないという大八郎の気配りであった。

このように、大八郎には語りつくせぬほどの功績があり、函南村議会議員、大日本畜産会北豆支部長、静岡県畜産組合連合会幹事、柿沢川水力発電所の建設、駿豆鉄道開通事業、伊豆銀行頭取など多くの公職を務めた。が、公私の別は常に明らかにし、地位を私的に利用することはなかった。伊豆銀行の頭取になっても、私用の時は、一般預金者同様、列の後ろに並んで銀行預金の払い出しを受けて、行員に範を示した。

また、田方地方の牛乳を集めて売り出した『三島牛乳』の功績は大きく、さらに、大八郎が主唱して設立した耕地整理組合は、関東大震災後の不況時に東京市場に進出して、渇《かっ》水《すい》に苦しむ農民を十余年にわたって救済した。

十二、仁田大八郎の銅像ができる

田方郡函南町塚本九六一番地に所在する田方農業高等学校の校門を入ると、正面玄関前に、立派な胸像が建てられてある。この胸像が、同校創立者である『仁田大八郎』の胸像

（彫刻家澤田政廣氏〔日本芸術院会員〕制作）である。

昭和九年（一九三四）八月四日、田方農学校の校庭で、この銅像（立像）の除幕式がにぎやかに挙行された。

銅像は青銅で鋳造された像で、国家的な偉人や地域の功労者、歴史的な人物など記念的な人物の像が多い。

東京の上野公園に立っている「子犬を連れた西郷隆盛」像は、よく知られた銅像である。一人の人物で日本で一番数の多い銅像は、薪《たきぎ》を背負い、歩きながら本を読んでいる二宮金次郎少年の『負薪読書像《ふしんどくしょぞう》』である。日本全国、津々浦々《つつうらうら》の小学校の校庭に建っている。

二宮金次郎（尊徳《たかのり》）は、『報徳の教え』を説いた江戸末期の篤農家で、神奈川県小田原市郊外（相模《さがみ》）の出身。「働かざる者、食うべからず」を実践した人。「神・儒・仏」の三つの思想から「至誠《しせい》・勤労《きんろう》・分度《ぶんど》・推譲《すいじょう》」（まごころ・心を込めて働く・自分の能力、収入の絶対量を守る・余剰の収入を社会のために活用する）の四綱領を世に説き、積善《せきぜん》、倹約を力行《りっこう》し、大名、旗本、商人、農民などの財政を救済し、六百余の町村を復興させた農政家、哲学家、財政家である。仁田大八郎もしっかり報徳の教えを学んでいる。

筆者は、仁田大八郎像を二宮金次郎や西郷隆盛の銅像と並べようというわけではないが、わが田方農高の関係者にとって、仁田大八郎像は同校の支柱ともいえる銅像である。ところがその銅像は、台座を残して第二次世界大戦中に徴発《ちょうはつ》され、兵器の資材となってしまった。

終戦後、同校関係者の間に銅像再建の声が高まり、昭和二十四年（一九四九）、残されていた台座の上に、「耕友」などの浄財で胸像が再建された。

その後、平成十三年（二〇〇一）、学校創立百周年記念事業の一つとして、台座を新設し、胸像を修復するなどして、正面玄関に移設した。

十三、創立四〇周年

明治三十五年（一九〇二）四月十六日に開校した静岡県田方農林学校は、大正三年（一九一四）四月十六日に修業年限一か年の蚕業科を設立、さらに創立十二年目の大正十一年（一九二二）三月三十一日に、念願の修業年限三か年の静岡県立田方農学校に昇格し、入学資格は高等小学校卒業程度とした。大正三年に設立した蚕業科を廃止した。

そして、昭和十七年（一九四二）には、遂に創立四〇周年となり、学級も六学級、生徒の定員三〇〇名（一年二クラス、一クラス五〇名、三年六クラス三〇〇名）に増加、さらに翌年の昭和十八年（一九四三）には、獣医畜産科（一年一クラス五〇名、三年一五〇名）を設置、既設の農業科（一年二クラス一〇〇名、三年で三〇〇名）と合計で、二学科四五〇名となった。

第二章　耕友たちの活躍

十四、終戦、学制改革、田方農業高等学校となる

昭和二十年（一九四五）八月十五日、熾烈な戦いだった太平洋戦争が終結し、日本に平

和が訪れた。そして学校制度の改正により、昭和二十三年（一九四八）四月一日、静岡県立田方農学校は、静岡県立田方農業高等学校（農業科六学級、畜産科三学級、以下「田方農高」という）となり、さらに、昼間定時制を置き、第一学年四十名を募集し、名実共に静岡県東部第一の実業校となったのである。

十五、行政庁で活躍する耕友

田方農業高等学校のＯＢで、自治体の長や県議会議員を務めたのは次の方々である。

1、伊豆長岡町長を務めた狩野精一（明治四十年《一九〇七》卒）（静岡県議会議員も）
2、戸田《へだ》村長（現在の沼津市戸田）を務めた稲木一雄（大正九年《一九二〇》卒）
3、函南町長を務めた杉山弥三郎（大正七年《一九一八》卒）
4、熱海市長を務めた川口美雄（大正九年《一九二〇》卒）
5、函南町長を務めた松下友平（大正十年《一九二一》卒）
6、沼津市長を務めた原　精一（大正十五年《一九二六》卒）

7、函南町議会議長・函南町長を務めた斎藤長徳（昭和五年《一九三〇》卒）
8、修善寺町長を務めた三須忠衛（昭和十年《一九三五》卒）
9、土肥町長を務めた大木一清（昭和二十年《一九四五》卒）
10、賀茂村長を務めた山本正和（昭和二十九年《一九五四》卒）
11、函南町長を務めた芹沢伸行（昭和三十一年《一九五六》卒）
12、韮山町長を務めた渡辺解太郎（昭和三十一年《一九五六》卒）
13、天城湯ヶ島町長を務めた立岩博明（昭和三十三年《一九五八》卒）
14、清水町長を務めた平井弥一郎（昭和三十五年《一九六〇》卒）
15、長泉町収入役を務めた小坂林作（明治三十八年《一九〇七》卒）（小坂壽美夫の厳父）

（県議会議員）

1、静岡県議会議員を務めた田辺寿之助（明治三十九年《一九〇六》卒）
2、静岡県議会議員を務めた鈴木次郎（大正四年《一九一五》卒）
3、静岡県議会議員を務めた土屋平壱（大正十五年《一九二六》卒）
4、静岡県議会議員を務めた志良以孝（昭和二十一年《一九四六》卒）
5、静岡県議会議員を務めた水口俊太郎（昭和二十八年《一九五三》卒）

6、静岡県議会議員を務めた小坂壽美夫（昭和三十二年《一九五七》卒）
7、静岡県議会議員を務めた瀬川芳孝（昭和三十五年《一九六〇》卒）
（『耕友讃歌』八十六頁以下）


田方農高第十代同窓会長斎藤長徳（昭和五年《一九三〇》卒）は、四十年間同校の教員を務めた後、函南町議会議長や函南町長を歴任した。同氏は、教頭の時に農村家庭科、園芸科などの新設や、牛乳処理室、北校舎など施設の拡充に努めた。

また、自分名義で五千万円を借り入れて耕友会館を建設するなど、創立者仁田大八郎に継ぐ功労者といわれている（『耕友讃歌』一八八頁以下）。

十六、農産物と耕友

地球上には、草木など無数の植物や、家畜をはじめとする多数の動物が生存している。

農林業学校では、穀物、野菜、果物、鶏卵、繭、家畜などの農産物や園芸、蔬菜《そさい》、果樹《かじゅ》、庭木、花卉《かき》などに関する知識、技術を習得させているが、すべてのものを教材にすることは不可能であるから、伊豆地方に適し、かつ、農家の経営にプラスになるものを選択して栽培生育方法を指導した。

さらに、生徒から提案された農作物も、積極的に教材として取り上げ、授業時間に指導するは勿論、課外授業（規定の課程以外）として部活動で取り上げた。

伊豆で栽培されている農産物のうち、代表的なものは、

①ワサビ（山葵《わさび》）
②椎茸《しいたけ》
③トマト（ミニトマト）
④イチゴ
⑤箱根大根
⑥寿太郎蜜柑《じゅたろうみかん》
⑦西瓜
⑧メロン

⑨バラ
⑩花卉園芸
などが上げられる。

十七、ワサビ（山葵《わさび》）

ワサビ（山葵）は、静岡県が世界に誇る農産物で、県とわさび生産者組合は食文化を通してワサビの魅力をＰＲしている。

ワサビといえば、

「楹袍姿《どてら》のお相撲さん、山葵利《わさびき》いたか目に泪《なみだ》」という川柳《せんりゅう》があるが、

「山葵おろしに煮抜《にぬ》きの卵」

「ひげ口寄せてほおずりは、山葵おろしに煮抜《にぬ》きの卵」

（山葵おろしは、表面に多数のギザギザ、ぼつぼつがあるワサビをすりおろす器具。煮抜きの卵はゆで卵。男のひげ面を、女のすべすべした頬に近づけるさまをいう）

「山葵利《き》く」

（山葵の味や香りが強烈である。転じて人の言動などが、ピリッと引き締まっていて、他人に鋭い印象を与えるさまをいう）

「山葵と浄瑠璃《じょうるり》は泣いて誉《ほ》める」

（山葵は涙が出るほど辛いのが上質であるし、浄瑠璃も泣かされるほどでないと上手と言われない）

などの諺《ことわざ》もある（小学館の『ことわざ辞典』一二四六頁）。

ワサビは、日本原産のアブラナ科の多年草で、渓流のほとりに自生し、市場に出ているものの多くは一年を通して水温が変わらない渓流で栽培されている。地下茎は肥厚した円柱状で、葉、茎と共に強い辛《から》みを有し、葉は桃形で春に白色四弁の小花を開く。根を香辛《こうしん》料《りょう》、また、葉と共にワサビ漬《づ》けとする（広辞苑）。

とにかくワサビは、日本の料理にはなくてはならない香辛料《こうしんりょう》である。

江戸時代の中期より食用に供されたワサビは、伊豆地方の天城山系が栽培に適した地形であったこともあって、伊豆半島の中央に位置する中伊豆町と天城湯ヶ島町（ともに現在の静岡県伊豆市）の農家では、天城山中より流出する清流を活用して優良品種の開発、改良に力を注いだ。

天城湯ヶ島町わさび組合長山本貞利（田方農学校昭和十二年《一九三七》卒業）は、昭和三十年代（一九五五〜）の人気種『伊沢ダルマ』の品種を改良し、長さ二十五センチ大の大型ワサビの生産に成功した。

この改良ワサビは、実《み》が詰《つ》んでいて固いのが特徴である。

山本は、この新品種に、

『山本ダルマ』

の愛称を付けて生産した。

この新品種のワサビ『山本ダルマ』の誕生には、次のようなエピソード（人情秘話）があった。

昭和十五年（一九四〇）、山本貞利が二十二歳の時に、父利一が死亡し、一家の生活は困窮の極に陥《おちい》った。

貞利は、七人兄姉弟《きょうだい》の第四子であったが長男であったので、一家の生活を支えるため懸命に働き、少しでも収入を増やすために、ワサビの生産に力を入れ、特に高価格で売れる新種のワサビを栽培することに取り組んだ。

貞利の苦労を知った父利一の級友三枝丑郎《さいぐさうしろう》は、愛の手を差し伸べ、中伊豆で栽培され始めた「新品種のダルマ種」を分けて、収入の増加を応援した。

この頃は、自分が改良した新品種のワサビは秘匿《ひとく》するのが普通であったので、三枝丑郎の支援は稀有《けう》（めったにない）のことであった。

しかし、三枝から譲り受けた改良ワサビは、成長にばらつきがあったので、貞利は、ワサビの形状や色などを選別して、自分のワサビ田に合うように改良して苗を育てていった。

この時貞利は、寝ても覚めてもワサビの品種改良のことしか頭になく、良い改良案が思いつけば、昼夜をいとわず品種改良の作業に取り組んだ。そして努力の結果、ワサビ生産者が称賛する大型ワサビの栽培に成功した。

そのとき貞利は、長男隆弘が事故で死亡するという不幸に見舞われたが、幸い次男泰久（昭和四十四年《一九六九》卒）がワサビ生産を継承したので、利一、貞利、泰久の三代でワサビ田を守った。

第六代静岡県わさび組合連合会長の安藤弥恵も、長男と共に実用品種の選抜改良に取り組み、『丸岩三号』、『丸岩六号』を誕生させて町内に広めた。やがて『丸岩三号』『丸岩六号』は、町内の六十パーセントの生産者が栽培するまでに広まっていった。

内田良雄（昭和三十一年《一九五六》卒）は、真妻系の実用選抜品種『大妻』を生産していた。内田は、この新品種を生み出したとき、

『興奮して寝付けなかった。この新品種のワサビは神様が下さったものと思い、ワサビを神棚に供えて感謝した』

と言って当時を回想した。

また、浅田良治（明治四十年《一九〇七》卒）は、天城湯ヶ島町わさび組合の設立に尽力、娘婿の俊一（昭和五年《一九三〇》卒）、孫の芳峻《よしたか》の三世代にわたって品種の改良に心血を注いだ（『耕友讃歌』三十頁以下）。

ワサビは、清流に育つので水のきれいな谷川で栽培される。伊豆半島の山間《やまあい》を流れる狩野川の上流は、ワサビの栽培に適した清流が流れているため、ワサビ田が各所に造られている。このワサビ田は、山間にあるがために自然災害の被害が多く、ワサビ栽培の歴史は水害との戦いの歴史でもあり、ワサビ生産者は自然災害を受けた都度、それを復旧して今日に至っている。

伊豆半島の中央に位置する伊豆市（旧修善寺町、中伊豆町、天城湯ヶ島町、土肥町）の山間を流れる狩野川の上流（本谷川、持越川、猫越川、船原川、大見川など）は、ワサビ生産地として知られている。

昭和二十三年（一九四八）に田方農高を卒業した中伊豆町の塩谷和義（全国わさび生産者協議会長）は、昭和三十三年（一九五八）に伊豆半島を襲った狩野川台風による大洪水で、丹精込めて整備したワサビ田が壊滅的な被害を受けた。また塩谷は近くに嫁いだ実姉が自宅もろとも流されてしまい、その捜索に日々を費やし、また、住所地区の副区長を務めていたため、援助物資の配布に奔走するなどして、自分のワサビ田の復旧が一か月も遅れた。

また塩谷は、中伊豆町の災害復興委員長を委嘱され、わさび組合のリーダーとして組合員をけん引し、町役場との土地改良・区画整理・河川工事などの交渉にあたるなど、一年間にわたって寝食を忘れるほどの復旧作業に勢力を傾ける日々が続いた（『耕友讃歌』三十二頁）。

昭和十八年（一九四三）に田方農学校を卒業した天城湯ヶ島町の杉山信昌は、地区のわさび組合長モノレール事業を推進して組合員の重労働からの解放に貢献し、また、火薬を使って岩盤を粉砕して畳石式《じょうせきしき》工法の積み石土手のワサビ田を造り、三年余を費やしてワサビの生産に心血を注いだ。

若手生産者の中では、昭和五十五年（一九八〇）に田方農高を卒業した中伊豆町の浅田譲治が、経験豊富な父親からワサビ田の構造を引継ぎ、東京農大在学中に免許取得した大型建設機械を駆使し、大見川沿いの山林を開拓してワサビ田を造成した。

ワサビ田は、畳石式工法の積み石構造で、完成までに五か年を要した。

浅田は、このワサビ田に『石庭わさび園』と銘打って見学園として開放した。

さらに浅田は、昭和六十一年（一九八六）に第一回全国わさび品評会で農林水産大臣賞を受賞し、平成十三年（二〇〇一）一月には農場経営士の認定も受けている（『耕友讃歌』三十二頁以下）。


伊豆半島天城峠には、賀茂郡河津町、下田市を経て、半島の先端石廊崎（賀茂郡南伊豆町）に通ずる国道・四一四号が通っている。この国道天城峠にかかる少し手前の沿道に、道の駅『天城越え』と観光施設『昭和の森会館』がある。

平成十年（一九九八）四月に開業された『天城わさびの里』は、鈴木千秋（昭和十六年《一九四一》田方農学校卒）、城所章（昭和二十六年《一九五一》田方農高卒）、服部伸三（昭和三十四年《一九五八》同校卒）、杉山直（昭和四十四年《一九六九》同校卒）など七人のワサビ生産者が、わさび組合を通して国や県からの補助を受けて道の駅『天城越え』の一角に開業した土産物店である。

そしてこの土産店の店内には、ワサビ漬《づ》け・ワサビ海苔《のり》・ワサビ味噌《みそ》などを製造し、その製造工程を見学できるコースが設けられている。

観光客は、買い物を楽しみながら、ガラス越しに製造工程を見学できる。

この見学コースを訪れた観光客は、ツンと鼻を刺激するワサビの香りに思わず足を止め、白い制服を着て、手際よく海苔とワサビを練り合わす作業員の姿を真剣なまなざしで見詰めている。

さらにこの見学コースには、予約制のワサビ漬け加工体験や、ワサビ沢での収穫体験がついていて、観光客にとても人気がある。

ワサビは、そのままでは辛味《からみ》はないが、かき混《ま》ぜたり、摩《す》り下ろしたりすると、揮発性の辛味が生成されて、目を刺激したり、ツンと鼻をつく刺激臭《しげきしゅう》があったりして、立ち止まっていられなくなる。

城所章たちは、当番制で週一日店頭に立ち、天城のワサビを販売したり、見学コースを案内したりして忙しく働いた。

また、杉山直は、改良種『杉山ダルマ』を育成するなど、優良品種の開発に夢をかけた。

ところで、ワサビ生産者の間で一番の脅威《きょうい》は、チューブ入りのワサビである。

チューブ入りのワサビは、小皿などにチューブから練りワサビを押し出せば、そのまま香辛料《こうしんりょう》として使用でき、鮮度も味もすりおろしの生《なま》ワサビと遜色《そんしょく》ない。そのため、ワサビの生産者たちは、消費者に本物の味を知ってもらうことに全力を傾注したものである。


昭和四十年（一九六五）卒業の井上亘（中伊豆「貴僧坊自然回帰わさび園」代表）は、町おこしの一環として、平成二年（一九九〇）より年会費制の「ワサビ田オーナー制度」を始めた。すなわち会費を払えば、《五～六平方メートルのワサビ田のオーナー》になれるのである。

オーナーは、東京や横浜など首都圏の人たちを対象とし、ワサビの栽培、管理は井上亘が行い、オーナーには年間三回以上見学に来ることを義務付けた。

谷川に造られたワサビ田を訪れるオーナーたちは、緑の山野に囲まれ、きれいな空気を胸いっぱいに吸い込み、冷たい清流に手を入れて歓声を上げた。

井上は、

「ワサビの栽培に農薬は不要だ。中伊豆のきれいな水源があればいい」

と言い、都市と農村の交流に汗を流した（『耕友讃歌』三十四頁以下）。

昭和二十四年（一九四九）卒業の塩谷泰利（中伊豆、「芳野屋」経営）は、中伊豆地方の主力品種「真妻《まづま》」を使ったワサビ漬けを販売し、これには一切保存料や添加物を使用しなかった（『耕友讃歌』三十五頁）。

十八、椎茸《しいたけ》

椎茸は、学術的な分類では、担子菌類《たんしきんるい》マツタケ目《もく》シメジタケ科に属《ぞく》し、水楢《みずなら》、樫《かし》、櫟《くぬぎ》、椎《しい》などの広く平たい葉を持つ広葉樹林《こうようじゅりん》の枯れた幹に付着して生育（着生《ちゃくせい》）する。

人工的には、椎の木、栗の木、櫟の木などの榾木《ほたぎ》（木の切れ端《はし》）に菌を植え付け、直射日光の当たらない樹林の下で栽培される。

椎茸の上部は五～十センチの円形で、縁《ふち》は内側に巻いている。表面は茶褐色で、内側は白色、長さ三センチぐらいの太く強靭《きょうじん》な柄《え》を中心に襞《ひだ》状をなしていて、一種の香気があり、味もよく、食用キノコとして親しまれ、日本のほか、台湾、朝鮮半島、中国などに分布している（ブリタニカ国際大百科事典）。

椎茸の原産地について、静岡県と生産量日本一を誇る大分県は、永年にわたって元祖争いを続けているが、十八世紀の半ばに、伊豆の石渡清助が椎茸栽培の基礎を築き、東海道を通じて全国に広まったという説が有力である。

特に静岡県きのこ総合センターから高い評価を得た改良品種の椎茸は、石渡清助の名を後世に伝える意味もあって『清助』のブランド名が付けられ、多くのファンから親しまれている。

昭和五十一年（一九七六）十月二十七日、中伊豆の飯田美好（昭和十六年《一九四六》田方農学校卒業）のところへ朗報が届いた。飯田が生産している改良品種の椎茸「香信《こうしん》」が、全国農業祭林産部門で天皇杯を受賞したのである

それも、「香信は関西以西でなければ栽培できない」という業界の常識をくつがえしての受賞であり、奇《く》しくもこの日（十月二十七日）は、妻文子との三十回目の結婚記念日でもあった。

飯田にとってこの天皇杯の受賞は、長年苦労して協力してくれた妻への、最高のプレゼントというわけであった。

受賞は、ほだ場（榾木《ほたぎ》を並置するところ）の造成記録や作業日誌、生産コストの算出記録や出納帳などの経営記録、その他長年にわたって引き継がれてきた栽培記録などが審査員の目に留まったこと、中伊豆シイタケが、全国の品評会で上位を独占していること、飯田美好椎茸組合長以下役員の適切な指導により若手生産者の生産意欲が向上していることなどが評価されての結果であった。

天皇杯の授賞式は、同年十一月二十三日に明治神宮会館で行われた。授賞式の前日に、皇太子ご夫妻をお招きして説明会が催された。説明の持ち時間は十分、説明は組合長の飯田が担当した。飯田には貴重な体験であった。

この受賞を契機に、組合活動はさらに活発になり、組合歌を作ったり、講演会に招かれたり、農業機関紙など出版物を刊行したり、また、全国の生産者が大型バスで視察に訪れ、その応接に忙殺されたことなど、飯田には懐かしい思い出である。

飯田は、田方郡椎茸生産組合連合会長や、静岡県椎茸生産組合連合会理事などを歴任し、大手観光開発会社の山林買収による椎茸原木の不足対策や生産者主導の共販体制、直火《じかび》式乾燥機を使用した油臭《あぶらくさ》い椎茸の追放運動などにも精力的に活動した（『耕友讃歌』四十八頁以下）。

また、椎茸栽培業をご子息に引き継いだ後も、昭和三十七年（一九六七）に始めた降雨量の計測記録を続けるほど椎茸栽培に力を注いだ。

昭和三十五年（一九六五）田方農高卒業の山口紘、昭和三十七年（一九六七）同校卒業の飯田忠、昭和五十六年（一九八一）同校卒業の勝又浩之を始め、中伊豆の生産者は「清助ブランド」の全国展開を始めたが、中国の価格攻勢を受けて、全国販売について危機感を抱いた。

とにかく中国産の椎茸は低価格であったので、日本の椎茸価格は急落した。

その頃、椎茸が贈答品として利用され始めてきたので、山口たちは、十五年ほど前から日本郵政の『郵パック・ふるさと小包』を利用して全国発送を開始した。そして、共同事業に伴う事務と、商品の発送を山口の妻勢津子（昭和四十年《一九六五》同校卒業）が担当した。

中国産椎茸の低価格に押されて、多くの生産者が椎茸生産から撤退する中、山口たちは、平成七年（一九九五）、国の補助を受けて、『中伊豆椎茸人工ほだ場利用組合』を設立。さらに八か所、七十アールの椎茸ハウスを整備して、収入の安定化を可能にした。

勝又浩之は、『消費者から生産者の顔が見える食品が求められている現在、グループで対応しなければ、量販店に対抗できない』と危機感を抱いた。

田方農学校の畜産科を卒業した山口紘は、先輩の勝又惇（昭和二十三年卒）のほだ場を手伝い、椎茸産業に入った。

勝又浩之は、田方農高を卒業後、日本菌類専門学校で椎茸についての知識を学んだ後、一時農協に勤務して販売業務に就いた後、家業の椎茸栽培を引き継いだ。

伊豆半島西海岸に面する伊豆市土肥には、浅香精一郎（昭和三十一年同校卒）、浅香為次（昭和三十四年同校卒）、山口孝夫（昭和四十三年同校卒）など力のある生産者が多い。浅香精一郎は、高級品『天白どんこ』で全国農林大臣賞を七回も受賞している。そして浅香は、自家製原木に力を入れ、十三ヘクタールの山林を倍以上に広げて自家製原木を確保した（『耕友讃歌』四十八頁以下）。

十九、トマト

イタリアに、

「トマトの医者いらず」

「トマトが赤くなると、医者が青くなる」

という諺《ことわざ》がある。

この諺は、トマトは非常に栄養が豊富であることを表現したものである。

トマトは、ナス科の大型一年草で、原産地は、南アメリカのアンデス山脈からメキシコにかけての高地で、十六世紀の半ばにヨーロッパに伝えられ、現在では世界中の温帯から熱帯地方にかけて広く栽培されている代表的な果菜《かさい》（果実を食用とする野菜のこと＝広辞苑）で、ファーストトマト、チェリートマトなど品種が多い。

日本には、十七世紀（江戸時代）の初期に観賞用として伝えられ、食用として栽培されるようになったのは、明治の後期になってからである。

トマトは、『赤茄子《あかなす》』の日本名で呼ばれたが、今ではほとんど使われていない。

食用としては、生食用のほか、ジュース、ケチャップ、ソースなど多くの加工食品が生産されている。

茎は軟らかく、まばらに分枝し、一・五メートル以上の高さになる。葉は互生し、羽状複葉で、長さは葉柄《ようへい》とともに四十センチ以上にもなる。葉・茎ともに強い青臭さをもつ。夏に節間から花枝を出し、数個の黄色の花を、総状花序（長い花軸の上に柄のある花を多数つけた無限花序。藤・油菜の茎や枝の類）をなしてつける。（ブリタニカ国際大百科事典）。

伊豆、田方地方におけるトマトの栽培は、昭和三十年代（一九五五〜）に入り、ビニールハウスの普及とともに広がり、若手の農家が、農地を整備してトマト栽培に力を入れた。

昭和三十年（一九五五）に田方農高を卒業した静岡県農業経営士会長の富永光弘（三島市）は、従来の米麦を主体とする農業や酪農から、トマトなどの果菜農業に転換しなければ遅れをとると思い、農地を整備し、飼育していた乳牛を処分して、二千平方メートルのビニールハウスを増設し、ハウス栽培に踏み切った。

富永は、当初は獣医が志望であったが、父親が再起不能になるほどの交通事故に遭い、父親の主治医から、家業の農業を継承するように諭されて果菜農家になった、という経緯があった。

トマト栽培専業の経営基盤を築いた富永は、若手農家のリーダーとなり、昭和四十八年（一九七三）、国の補助を受けるなどして、市内五か所に共同育苗ハウスを建設し、果菜農業の地歩を築いた。さらに平成元年（一九八九）に、隔離ベッド方式を取り入れて、年十作の周年栽培を可能にした（『耕友讃歌』五十四頁）。

加藤節夫・仁科俊保（昭和四十一年卒）、白井静夫（同四十二年卒）ら十三名は、昭和四十三年（一九六八）に土耕式栽培の『函青会』を組成し、『函青会のトマト』のブランド名で首都圏に進出した（『耕友讃歌』五十五頁）。

トマトの栽培は、ハウス栽培が普及したことにより量産に入った。

トマトの水耕栽培がさらに拡大したのは、昭和六十年（一九八五）のつくば万国博覧会で、トマトの改良品種「ハイポニカ」が注目された以降であった。

この頃になると水耕栽培は、コンピューターによって養液循環や温度管理が可能になり、さらにトマトの連作障害の減少が進んだことなどにより、田方平野における栽培面積の六十パーセントを占めるに至った（『耕友讃歌』五十六頁）。

＊トマトの観光農園

昭和四十五年（一九七〇）に田方農高を卒業した河原崎和典は、平成八年（一九九六）に、三島市塚原の国道一号線（東海道）沿いに観光農園『箱根フルーティートマト狩り園』を開設し、観光客の誘致に成功した。

二メートルの高さにネットを張った観光農園は、効率よく当たる太陽光線の効果で、高糖度の「ハイポニカ」があまり人手をかけずに栽培できたので、低価格で販売することが可能となり、観光客に喜ばれた（『耕友賛歌』五十六頁）。

全国ハイポニカ研究会の顧問や東海理事であった三島市の青野宏次（昭和三十一年田方農高卒業）と広瀬和正（昭和四十三年同校卒業）は、昭和五十四年（一九七九）頃から相次いで水耕栽培を導入、平成十八年（二〇〇六）には、三島函南ハイポニカ研究会を設立して、若手生産者の技術向上に尽力した。広瀬和正は、農協の技術指導員からトマト栽培者への帰農者であったが、トマトの水耕栽培者にはＵターン就農者が多い（『耕友讃歌』五十六頁以下）。

＊ミニトマトの誕生

現在食卓に供されるトマトは、直径三～四センチメートルほどの小形のトマトが多く、ミニトマトと呼ばれて人気がある。

ミニトマトは、今でこそ三島、田方地域で大量に栽培されているが、それまではトマトと言えば大型トマトが主流であった。

ＪＡ伊豆の国の理事・同果菜組合長の鈴木幸雄（伊豆の国市韮山、昭和三十七年田方農高卒）は、平成五年（一九九三）から、ミニトマトの栽培に力を入れた。

鈴木幸雄は、十人の従業員と共に、六〇〇〇平方メートルのハウスでミニトマトを栽培する県下屈指の生産者で、米麦やキュウリ、ナスの栽培から、ミニトマト栽培に転向して、見事に成功した農家の一人である。また、静岡県農業協同組合青壮年連盟委員長にも就任し、米価値上げ運動や、牛肉・オレンジの輸入自由化阻止運動にも力を入れた（『耕友讃歌』五十七頁）。

二十、イチゴ

イチゴは、バラ科の多年草、または落葉小低木（キイチゴ類）。いずれも野生種で無毒、食べられるものが多い。

一般には、イチゴといえば栽培種で、オランダイチゴ（ストロベリー）をさす。

南アメリカ（チリのチロエ島）が原産といわれ、日本には、天保年間（一八四〇年頃）にオランダ人によってもたらされた。

イチゴは、地下の根茎から多数の走出枝（ランナー）を出して増える。長い柄のある三出複葉の根生葉《こんせいよう》（根から束生したように見える葉）を密生する。春から夏にかけて五弁の白い花をつける。果実は花床が肥大した偽果《ぎか》（花の軸や萼《がく》など雌しべ以外の部分が大きくなってできた果実）で、春から夏にかけて赤熟し、表面についているゴマのような粒が、雌しべの変化した本当の意味の実である。果実をそのまま食べるほか、ジャムや菓子の原料に加工する。世界各国で改良され、多数の品種がある。日本では、『紅《べに》ほっぺ』や『章《あき》姫《ひめ》』などが多数栽培されている。温室栽培のものは年末出荷が主である（ブリタニカ国際大百科事典）。

昭和三十一年（一九五六）に田方農高を卒業した村川一雄（伊豆の国市）は、昭和六十二年（一九八七）に、化学肥料による栽培に疑問を感じ、有機栽培に切り替えた。

有機栽培は、手間がかかり、そのうえ収量も三十パーセントほど減少するが、村川は、思い切って踏み切った。

それでも村川は、

「生態系に逆らい、品質を無視するような増産一辺倒より、他人の健康を守る農家でありたい」

という信念を貫いた。

田方平野のイチゴは、当初は水田裏作として栽培が始まったが、昭和四十年代(一九六五)に入り、ハウス施設の大型化が急速に進み周年栽培が可能となった。その一方、連作障害も起こり、土壌消毒剤などの化学肥料が多用されるようになった。しかし、土壌消毒剤などの化学肥料は、栽培土の質を悪化させ、手が荒れる被害をもたらした。このことに気付いた村川一雄は、化学肥料を推進する行政指導や、利益追求型の農業に不安を抱き、有機栽培の文献などを読み研究した。こうした村川の行動に共感した全国のイチゴ農家やイチゴ関連業者から、多くの情報が寄せられた。村川は、無農薬、無化学肥料とし、さらに米を裏作にして連作障害を防いだ(『耕友讃歌』三十六頁)。

昭和三十一年(一九五六)に田方農高を卒業した渡辺勝之(伊豆の国市)は、イチゴ農家の職業病ともいえる腰痛を防ぐ狙《ねら》いもあって、土耕式の高設栽培を取り入れ、イチゴ狩りのできる農園を造って観光客を呼び込むことに成功し、合わせて後継者難も解決した。

また、昭和二十七年同校卒業の岩田広巳は、平成八年（一九九六）から四年間、静岡県イチゴ部会長とＪＡ伊豆の国イチゴ委員会長を務め、出荷時の検査制度を充実させて市場における韮山イチゴの信頼を確実にした。

岩田広巳は、「好事魔多し」の譬えの如く、平成十三年（二〇〇一）二月に急逝したため、同年度の宮口武三が部会長と委員長に就任した（『耕友讃歌』三十七頁）。

「誰が作っても同じイチゴができるのか」と題して、ＪＡ伊豆の国は、平成七年（一九九五）三月、堀井一雄（田方農高昭和五十一年《一九七六》卒業）が開発したイチゴの新品種見学会を開催した。

見学会当日、堀井のハウスは、二百人余の見学者であふれ、見学者からは熱心な質問が多数出された。

堀井は、二年前にハウスで作業中に、周囲の株よりひとまわり大きい株を見つけた。普通は寒さから身を護るために徐々に小さくなるはずの『女峰』の株が、新芽を出して大量の花を咲かせ始めた。

これを見た堀井は、なかば遊びの気持ちで親株として植え替えてみたら、周囲の株よりひとまわり大きく生育した。枝や茎の細胞が突然変異を起こす「枝変わり」の新品種である。

この新品種の果実は、『女峰』に比しても大玉で、量も多いのが特徴である。

堀井は、平成七年（一九九五）、この新品種に『伊豆っ子』の名前を付けて新品種登録を出願して認められた。

今まで百種ほどあるイチゴの新品種登録は、その多くが研究機関か民間企業からのものであり、個人の登録は例を見なかった。堀井の新品種登録は稀有のことであった（『耕友讃歌』三十八頁）。

昭和四十五年（一九七〇）田方農高卒業の小山章や、昭和五十年（一九七五）同校卒業の山口光雄など伊豆の国市韮山の若手イチゴ生産者らが、育苗ポット「にらポット」を開発したのは平成七年（一九九五）で、イチゴ栽培の省力化に貢献した。

「にらポット」は、作業効率を上げるために開発したもので、プラスチック製、軽量かつ連結機能を持つ装置で、「植物の株育成装置」として実用新案を取得した。

「にらポット」の出荷数は、ＪＡ伊豆の国管内だけでも四十万本を超え、全国五十社のＪＡ・商社・メーカーなどから年間三十万本の注文があるほどだった。

小山章は、田方イチゴ研究会長を務め、若手生産者の信頼も厚い。

昨今は、農業従事者の間で後継者不足が問題となっているが、田方農高を昭和五十四年（一九七九）に卒業した鈴木伸一が香川式高設栽培法を導入し、また、同校を昭和五十七年（一九八二）卒業した伊奈健司ら若手が就農し、活躍している。頼もしいことである（『耕友讃歌』三十九頁）。

二十一、箱根大根

「大根役者」などと下手な俳優をあざけっていう言葉があるが、日々われわれの食卓に供される大根は、野菜の名優で、古くは『スズシロ』といわれ、春の七草の一つである。

大根は、アブラナ（油菜）科の一年草または二年草で、日常的な野菜の一つで、原産は、ヨーロッパの南部といわれるが、諸説ある。日本には、古い時代に中国大陸を経て伝わった。世界各地で多くの品種、変種があるが、すべて一つの系統から分化している（ブリタニカ国際大百科事典）。

晩春、総状花序《そうじょうかじょ》をなした白または紫がかった白色の小十字の花をつける。雄しべは六本で、そのなかの四本が長い。花糸の基部に蜜腺をもつ。

（総状花序とは、長い花軸の上に柄のある花を多数つけた無限花序《むげんかじょ》をいう）

（無限花序とは、下から上に、または、外側から内側に向かって咲く花の生え方）

果実は細長く、中に茶褐色の種を含む。

地上に出ている根出葉《こんせいよう》（根から束生《そくせい》したように見える葉）は、羽状に深裂し、粗毛がある。根部は、おおむね白く、形は肥大した「桜島」、長大な「守口」などさまざまで、葉とともに食用である。

普通、大根と呼ばれる部分の上部は茎で、中部以下が根であるが、境目は明らかでない。

海岸の砂地に生える「ハマダイコン」は、畑に生えている大根が野生化したもので、世界各国に帰化している（ブリタニカ国際大百科事典）。

田方農高では、生産科学科の生徒が農業基礎農場で試行錯誤して創造した大根が「箱根大根」で、漬物に加工して「箱根の沢庵」の名で販売し、地域の消費者に喜ばれている（『耕友讃歌』七十五頁)。

二十二、寿太郎蜜柑《じゅたろうみかん》

「ミカン科」は、双子葉植物ミカン目の一科で、全世界の温帯や熱帯に約一五〇属一〇〇〇種がある。大部分が常緑の高木または低木で、高さは三メートルに達する。温帯のものには落葉樹や草木もある。乾燥地に適応した種類も多く、とげをもつ低木となっている。

花は、四数または五数性で、子房は多室にわかれる。子房は、雌しべの一部で、花柱《かちゅう》の下に接して肥大した部分をいう。熟すると内部に種子を入れて果実となる。

蜜柑は、温帯性の植物のため、寒い北方では育たない。

蜜柑は、広い意味ではミカン科ミカン属の食用果樹の総称で、柑橘類と同義に使うが、狭義には日本産のウンシュウミカン、キシュウミカンなど小型の果実をつけるウンシュウミカン類の数種をさし、またときにはナツミカン、ナルトミカン、ダイダイ類の一部を含めることもある。このほか、オレンジ、ユズ、ハッサク、ザボン、ヤマトタチバナ、レモン、ライム、グレープフルーツ、ネーブルオレンジ、ポンカン、シトロン（マレブッシュカン）、ブッシュカンなどもある。

果実は、通常液果で、大部分は香気が高く、美味で、果物として価値が高い。

また、植物体、特に精油を含んでいて、独特の芳香をもち、香辛料となるものもある（ブリタニカ国際大百科事典）。

ミカン王国静岡県のうちで人気のミカンは、「寿太郎温州」である。

「寿太郎温州」は、沼津市西浦の山田寿太郎が、昭和五十年（一九七五）に開発し、田方農高卒業の渡辺平八郎（昭和二十四年《一九四九》卒）と海瀬哲夫（昭和二十六年《一九五一》卒、静岡県農業経営士第一期生）の応援で年間三千トンを出荷するまでに成長し、主力の「青島温州」を凌駕《りょうが》する勢いである。

西浦柑橘組合が苗木の育成を始めたが、なかなか普及せず、当初は三万本の苗木のうち、半分が売れ残る状態であった。

海瀬哲夫は、昭和三十九年（一九六四）、初めて西浦に「青島温州」を導入するなどミカンの品種改良に取り組んでいたが、果実の大きさ、糖度、貯蔵性などに優れている「寿太郎温州」に接し、「三ケ日ミカン」に勝てると確信し、西浦柑橘農家に「寿太郎温州」の増産を勧めた。

若手生産者の川口洋芳（昭和五十三年《一九七八》卒）と妻の節子（昭和五十三年《一九七八》卒）は、生産の八割を「寿太郎温州」が占め、出荷量は群を抜いていた。県農業経営士の内田栄（昭和二十七年《一九五二》卒）は、西浦ミカンが三ケ日ミカンと産地を分け合うには「寿太郎ブランド」しかない、と寿太郎蜜柑の生産に力を入れている。

沼津市西浦の蜜柑出荷組合長の真野伊智良（昭和二十九年《一九五四》田方農高卒）は、平成八年（一九九六）、糖度と酸度を分析する光センサー選果機を導入しなければ、ミカン業界を勝ち残れない。そのためには、内浦出荷組合と合併して高性能の選果機を導入する必要があると決断し、選果機導入資金十億円の補助を静岡県に申し込んだ。そして平成十二年（二〇〇〇）九月、西浦と内浦の柑橘出荷組合が合併し、新鋭選果機を備えた新しい出荷組合を立ち上げた。

当初、合併に反対であった内浦の出荷組合員を説得しての合併であったので、真野伊智良と内浦の出荷組合長であった関一雄（昭和三十一年《一九五六》田方農高卒）は、感無量の心境であった。

西浦出荷組合の発足は、昭和三十九年（一九六四）で、渡辺進（昭和十二年《一九三七》田方農校卒）が、海瀬幸一郎（昭和十一年《一九三六》田方農校卒）と共に、オートメイション化の共同出荷体制を創り、市場性を高める必要があると説明し、九部落の組合を一本化して立ち上げた。

歴代の内浦出荷組合長のなかには、原由美（昭和六年《一九三一》田方農校卒）、原宏（昭和十六年《一九四一》田方農校卒）らがいる。

そして、原重晴（昭和三十一年《一九五六》田方農高卒）が最後の組合長を務めた（『耕友讃歌』六十二頁以下）。

二十三、スイカ（西瓜《すいか》・水瓜《すいか》）

「西《にし》」の「瓜《うり》」と書いてどうして「スイカ」と読むのでしょうか？

「西」をスイと発音するは、中国の唐音《とうおん》読みからきている（唐音《とうおん》読みは、中国の宋・元・明・清時代の中国音の総称）。

（参考・・唐音に対し、漢音《かんおん》は「行」をカウと読み、「日」をジツと読むように、官公署や学者が用い、呉音《ごおん》は「行」をギョウと読むように仏教用語として僧侶などが用いた）

スイカ（water melon）は、ウリ科の一年草である。原産は、熱帯アフリカといわれているが、古くからエジプトなどで栽培され、多数の品種がある。

茎《くき》は蔓《つる》性で雌雄同株、巻きひげがあり、長く地上を伸びる。

夏、葉腋《ようえき》（葉の付け根）に黄色の単性花（一個の花に、雄しべまたは雌しべだけがある花）をつける。

果実は、球形または楕円体状（俵状の形）の大型液果《えきか》で、表面は、緑色のほか濃淡の縞があるものもある。

（液果《えきか》とは、果皮が多肉で、汁液《じゅうえき》が多く、内部に種子をもつ多肉果《たにくか》をいう。多肉果とは、ミカン・ブドウ・トマトなどの類をいう）。

スイカには多くの品種があるが、今はほとんどが一代雑種（異なる系統品種間の交配によって生まれたもの）である。品種により果実の大きさ、形も違い、また果肉の色も淡紅、紅、黄色、クリーム色などいろいろある。

スイカは、水分が多く甘みがあって夏の果実として好まれ、種も食用となる。

日本では、スイカを交配してつくられた三倍体のスイカが多く、これに二倍体の花粉をかけて「種なしスイカ」をつくっている（広辞苑）。


当地でスイカといえば、静岡県田方郡函南町平井の「平井甘露スイカ」が頭に浮かぶ。「平井甘露スイカ」は、市場において常に最高値で取引される高級品である。

函南町平井の地は、昼と夜の温度差が大きく、スイカの栽培に適した土地柄で、糖度がつきやすい特徴がある。

三島・函南スイカ組合では、組合長川口正美（田方農高昭和二十九年《一九五四》卒）ほかが提唱し、毎年の恒例行事として地元の障害児にスイカをプレゼントし、喜ばれている。

田方農高卒業の岩本文彦（昭和二十三年《一九四八》卒）は、「平井のスイカ」の草分けで、当時はまだ珍しかった三輪自動車にスイカを積んで熱海方面にまで売りに行き、大いに喜ばれたという。

また岩本は、久保田勝美（同校昭和三十年《一九五五》卒）や芹沢直（同校昭和三十年《一九五五》卒）らと共に平井スイカ組合の設立にも貢献した。

芹沢正弥（同校昭和四十年《一九六五》卒）は、ハウスの面積が組合員のなかで最大である。また、栽培技術面においてもすぐれ、地元の園児たちを対象とした苗の植え付け体験講座を開くなど、社会活動も行っている。

杉崎正則（同校昭和四十五年《一九六五》卒）は研究熱心で、東京市場へ出荷するには、従来のスイカを土にはわせる栽培方法では市場の信頼を得られない。無農薬、有機栽培で、スイカの蔓《つる》を二メートルの高さの棚につるす立体栽培に変更して、温度や水の管理が完備した五千平方メートルの大型ハウスを設置した。スイカの付加価値も増した。

若手生産者の栗田稔（同校昭和五十六年《一九八一》卒）、芹沢清孝（同校昭和五十六年《一九八一》卒）らも、先輩に続いて栽培に取り組んでいる。

三島・函南スイカ組合の組合員は二十五人いるが、そのうち六十パーセントが田方農高OBで、本当に力強い（『耕友讃歌』六十四頁以下）。

二十四、メロン

私たちの身近にあって、容易に食することができる果物の代表はメロンである。

メロンは、ウリ科の蔓性《つるせい》の一年草で、西アジアから北アフリカにかけた地域が原産とされている（インド説もある）。シロウリ、マクワウリ、マスクメロン、カンタループ、ウインターメロンなど変種が多く、それぞれ品種が多い。

マスクメロンが代表的で、日本には明治以降欧米から導入され、その後独自の品種が多数育成された。

蔓は角張り、全体にあらい毛がある。葉は三～七裂する掌状葉《しょうじょうよう》(開いた手の形をした葉)で、葉に対生《たいせい》（葉に向かい合って生えている）巻きひげがある。

花は黄色で雌雄同株《しゆうどうしゅ》（雌花と雄花が同一株にあること。クリ・キュウリの類）、ときに両性花《りょうせいか》（一つの花の中に雄しべと雌しべを有する花。桜・菜種《なたね》の花などの類）がある。

果実は球状で、普通、皮に細かい網目が生ずるので、ネットメロンともいう。品種により大きさはさまざまあり果肉の色も白・淡緑・橙黄色《とうおうしょく》（橙色《だいだいいろ》）などがある。現在では欧米系の次の三群（網メロン系・カンタループ系・冬メロン系）が最も広く栽培されている。網メロン系（イギリスのマスクメロン、アメリカのカンタループ）は、果実の縦溝は浅いかあるいはまったくなく、外皮に網目を生じて、果実に芳香をもつ。

カンタループ系（ヨーロッパ産のカンタループ）は、果実にはっきりした深い縦溝をつけ、いぼ状、鱗状《うろこじょう》に凹凸があり、硬く、網目は白く、芳香がある。中東にこの群の品種の基本型が多くみられる。

冬メロン系は、果実に滑溝《かっこう》をもつかあるいはほとんどなく、網目もなく、晩熟（おくれて成熟すること。晩熟の反対は早熟）で貯蔵に耐える。網メロン系とカンタループ系はマスクメロンと呼ばれ、ｍｕｓｋ麝香《じゃこう》にちなむ名で、特有の芳香をもつことによる。植物分類学上は、これらのメロンはシロウリやマクワウリとも同一種と考えられている（ブリタニカ国際大百科事典）。

麝香《じゃこう》は、香料の一種で、ジャコウジカ（麝香鹿）の嚢《のう》から製した黒褐色の粉末で、芳香が甚だ強く、薫物《たきもの》に用い、薬としても使う。麝香鹿は、小形の鹿で、体長は一メートル弱。普通の鹿に似ているが、牡牝《おすめす》とも角《つの》がなく、牡は上顎《うえあご》に短い牙を持ち、また腹部に麝香腺がある。山地に少数で棲み、中央アジア・中国東北部・朝鮮・樺太に分布する（広辞苑）。

田方平野で栽培されたメロンが初めて市場に出荷されたのは、昭和四十四年（一九六九）である。

メロンは高級品であるから、実績のある産地のメロンでなければ市場に通用しない、いわゆる暖簾《のれん》がものをいう世界であった。

田方郡函南町の米山裕和（田方農高昭和四十一年《一九六六》卒）は、初めてメロンを市場に出荷した時の感動を思い出すたびに胸が熱くなる。

米山がメロン栽培を決意したときに、

「函南ではメロンは作れない。どうしても栽培したいなら、メロン先進地である遠州地方に移住したほうがよい」

と猛反対されたことを忘れない。

静岡県は、生産量も販売量もともに全国一のメロン県であるが、その大半は磐田市や浜松市などの県西部地方で栽培されたものであり、田方地方はメロン栽培に後れをとっていた。それは西部地方の粘土質の土壌が、メロン栽培に適しているのに対して、田方地方の土壌は、富士山の噴火による火山灰質のため、メロン栽培に適していないことが大きな理由であった。

米山は、県立農林短大時代にメロン研究を専攻し、遠州のメロン農家で研修を積んだが、大半の知人はメロン栽培に反対した。そんな中で、父親だけは賛同し、短大卒業後にメロン栽培を本格化する米山のために、ハウス建設の準備をしてくれていた。

メロン栽培には多額の資金が必要だ、もう後戻りはできない、と決意した米山は、試行錯誤を重ねた後、生産を軌道に乗せることができた。市場に出荷すること二年、ようやく軌道に乗り、生産者仲間三人と「伊豆温室メロン組合」を立ち上げ、「葵」の家紋の入ったブランドで出荷した。ささやかであったが、組合設立三十周年記念祝賀会も開き、組合員も増えた。組合員のうち、八割は田方農高卒業者である（『耕友讃歌』五十八頁以下）。

二十五、バラ（薔薇）

バラ科バラ属の植物の総称。主として北半球に分布し、約二〇〇種が知られる。香りのある美花をつけるものが多いので、古くから観賞用として栽培され、品種改良により多数の園芸品種がつくられている。

日本に自生するバラは約一〇種で、ノイバラ（野薔薇）、テリハノイバラ（照葉野薔薇）、モリイバラ、ハマナス（浜茄子）、タカネイバラなどがよく知られている。園芸品種としてのバラは、世界各地で改良されたもので、ヨーロッパ原産のものと、中国原産のもの、それに両者間の交配種などで、品種の数はきわめて多い。園芸品種は、叢生《そうせい》バラ（草木などが群がり生えるさま）と蔓《つる》バラとに大別されている。また香油の原料としても栽培され、南フランス、ブルガリア、ルーマニアなどが有名な産地で、セイヨウバラ、ダマスクバラ、フランスバラなどが主なものである。

ノイバラ（野薔薇）は、バラ科の落葉小低木で、ノバラともいう。日本各地の山野に普通に生える。茎の高さは約二メートル、枝は伸びて先は垂れ、鋭いとげがある（ブリタニカ国際大百科事典）。


静岡県駿東郡清水町卸団地の北側に、バラ園『エルローザ』がある。

バラ園『エルローザ』の園主杉山博一（田方農高昭和四十九年卒）は、地域の人たちにバラの良さを知ってほしいとの思いから、バラを販売するだけでなく、入場料無料のバラ園を憩いの場に提供したり、バラ園に喫茶部を併設したりして来園者に喜ばれている。さらに、バラ園内にバラの無人販売店を開店した。また、イベントを企画して「バラとワインとシャンソンの夕べ」を開催したり、他に類のない戦略を次々と打ち出した。

杉山博一は、田方農高では柔道部主将を務め、また、推薦されて県相撲大会に出場して三位入賞を果たした。杉山は、田方農高から東京農大に進学し、同大学の応援団長となり、バトンガールズを創設して同大学の名物「大根踊り」でテレビ出演したり、正月の箱根駅伝の際には、はかま姿で選手と伴走したりして、仲間の語り草になっている（『耕友讃歌』四十六頁以下）。

二十六、花卉園芸《かきえんげい》

花卉園芸は、花物《はなもの》、葉物《はもの》、実物《みもの》などの観賞用の草本または木本植物の栽培をいう。

花卉《かき》とは、観賞用になるような美しい花をつける植物の総称で、花物・葉物・実物などがあり、草本ものには一年生、二年生（越年）、多年生（宿根）のものがあり、木本のも

のには高木、低木のものがある。畑、花壇、鉢植え、垣仕立て、庭木、盆栽などいろいろの仕立てがある。またこれらを切り花にするときは、一輪ざし、盛り花、その他いろいろな方法によって観賞する（ブリタニカ国際大百科事典）。

園芸とは、花卉・蔬菜《そさい》（野菜類、青物類）・果樹《かじゅ》（ミカン・リンゴ・ブドウ・モモなど果物のなる樹をいう）・庭樹などを栽培すること、または栽培技術をいい、多くの人が園芸に携わっている（広辞林）。

園芸は、商業的園芸と家庭園芸とに大別される。商業的園芸は園芸農業として、野菜、果樹、花卉、花木、緑化樹木を含み、近代的経営と栽培技術が要求され、農産物で大きな割合を占めるようになった。家庭園芸は、趣味的な花卉、果樹、野菜、盆栽、庭木などの栽培が中心である。園芸という語は、明治初年にW．ロブスケードの『英華事典』が邦訳されたとき、初めて使われた（ブリタニカ国際大百科事典）。

二十七、最近のトピック（話題）

（トピックは、静岡新聞の記事から紹介させていただいた）

1、田農牛乳などが商品化

平成二十五年（二〇一三）十一月八日〜九日、田方農高で文化祭『田農祭』が開催され、模擬店が並んだ。その模擬店には、生徒が真心こめて育てた新鮮な野菜や『田農牛乳』が店頭を飾り、来場者から好評を得た。

校内発表では、写真部や吹奏楽部などの文化部が、来場者や生徒六〇〇人を前に、日頃の練習成果を発表披露した。また、模擬店には、食品科学科の生徒が育てたイチゴなどのジャムや、生産科学科の栽培した大根や白菜が並び、来場者の購買心を煽っていた。

生徒会長の三年中沢友貴（十八歳）は、「生徒が丹精込めて栽培した野菜や花など『田農』ならではの作品を見てください。これからも地域のみなさんの期待に応えて、頑張ります」と誓った（静岡新聞、平成二十五年十一月九日朝刊掲載の記事から）。

2、弓道、県高校選手権で優勝

平成二十六年（二〇一四）十二月二十二日（月曜日）午前十時、田方郡函南町役場のロビーに、田方農高二年生の梅原翼と橘川丈生弓道部長の姿があった。

彼らは、弓道の県高校選手権で男子個人戦二位となり、さらに東海大会では、見事に優勝したので、それを函南町森延彦町長に報告するため庁舎を訪れたのである。

梅原は、勝因は「団体戦の技術的な反省を、個人戦で修正できたからだ」と分析した。橘川丈生部長は、東海大会で「予選落ちして初めて大きな挫折を味わった。平素から持てる力を発揮できるように一層練習に励みます」と誓った（静岡新聞、平成二十六年十二月二十三日朝刊掲載の記事から）。

3、全国高校生パンコンテストで日本一

伊豆の国市観光協会と伊豆の国パン祖のパン祭実行委員会主催の平成二十六年度「全国高校生パンコンテスト」で、全国三一〇点のうち、田方農高三年生の鈴木千賀の「カリフォルニア・レーズン・ビネガー・ブレッド」が見事最高賞に輝いた。同校では初の快挙である。

平成二十七年一月十七日〜十八日の両日に開催される同コンテストの最終審査に、二年生の鶴田柚稀、同加藤真璃と、一年生の鈴木はるかの三人が、鈴木千賀と同じ最高峰の『カリフォルニア・レーズン作品部門』で、実技審査に挑戦する。さいわい三人は、すでに書

類審査は通過しているので、今回は実技審査を受けるわけである。

このコンテストの最終審査には、十六人の高校生が通過している。

昨年は、最終審査で涙をのんだ鶴田柚稀は、「パンは生き物のようにデリケート」であることを知り、今年は水の代わりに黒ビールを使った『ビールオブレーズン』で挑戦する。

加藤真璃は、「いつ作っても同じ味のパンでなければ……」という。

鈴木はるかは、「私も先輩のように頂点にたちたい」と、玄米パウダー入りの『コーンフロート』で挑戦する（静岡新聞、平成二十七年一月九日朝刊掲載の記事から）。

4、日本農業技術検定で一級に合格

田方農高食品科学科三年の岩崎朱子は、日本農業技術検定協会主催の平成二十七年度日本農業技術検定一級学科試験に合格した。平成十一年度から設けられた一級は、主に社会人が受験し、高校生の一級合格者は全国初の快挙だという。ＪＡ職員や都道府県職員などが受験する一級は、二四五五人が受験し、合格者は二十六人の険しい道。この検定は、三級は農業高校一～二年生程度、二級は農業高校卒業程度、一級は「農業の高度な知識」が必要という。岩崎は、前年度に二級に合格しており、「腕試し」のつもりの受験で見事に合格したという。その原動力は疑問点をそのままにしておかない研究心と、「農業を学ぶのが大好きで、勉強することが苦にならない」という熱意だという。

岩崎は、四月から農業を生かした地域活性化策や食育を学ぶという。

「いつかは静岡に戻り、生産者と消費者を結び付けるような仕事がしたい。海外の農業事情もこの目で見てみたい」と意欲を見せている（静岡新聞、平成二十八年二月六日朝刊掲載の記事から）。

5、全国高校生パンコンテストで大賞

全国高校生パンコンテストは、世界文化遺産に登録された韮山反射炉の建造者、韮山代官江川太郎左衛門英龍が日本で初めてパンを製造したことにちなんだ伊豆の国市のイベント『パン祖のパン祭』のメーン事業である。

大賞に輝いたのは、田方農業高等学校一年生の塩川えみり（十六歳）で、平成二十八年一月十六、十七日に実技・試食の審査が行われた。

今度のコンテストには、過去最多の十九道府県、三十校の四一三人が創作パンのアイデアを提出し、書類審査が通過した二十人が、実技・試食審査に挑戦した結果である。

「発酵温度の影響でパンの膨らみが変わる。パン作りは難しい」と塩川は、これからも美味しいパン作りに取り組むという（静岡新聞、平成二十八年二月二十五日朝刊掲載の記事から）。

6、アーバスキュラー菌根菌（ＡＭＦ）の培養に成功

田方農業高等学校造景部が、農作物の肥料として活用が期待される『アーバスキュラー菌根菌』の培養の研究を進めている。

四億六〇〇〇万年前に誕生したとされているアーバスキュラー菌根菌は、熱を受けると死滅するため、人工的な培養は不可能とされてきた。田方農高では熱処理の代わりに胞子の表面に殺菌剤を加えて余分な水分を取り除くことで培養するという。

指導教諭の渡辺幸伸は、増殖した胞子を活用して農作物の成長を促し、化学肥料の軽減につなげたいという。三年生の杉浦拓海田方農高造景部長は、「将来は、倒木被害の解決などに活用できるようにしたい」と意欲を見せている（静岡新聞、平成二十八年八月十日朝刊掲載の記事から）。

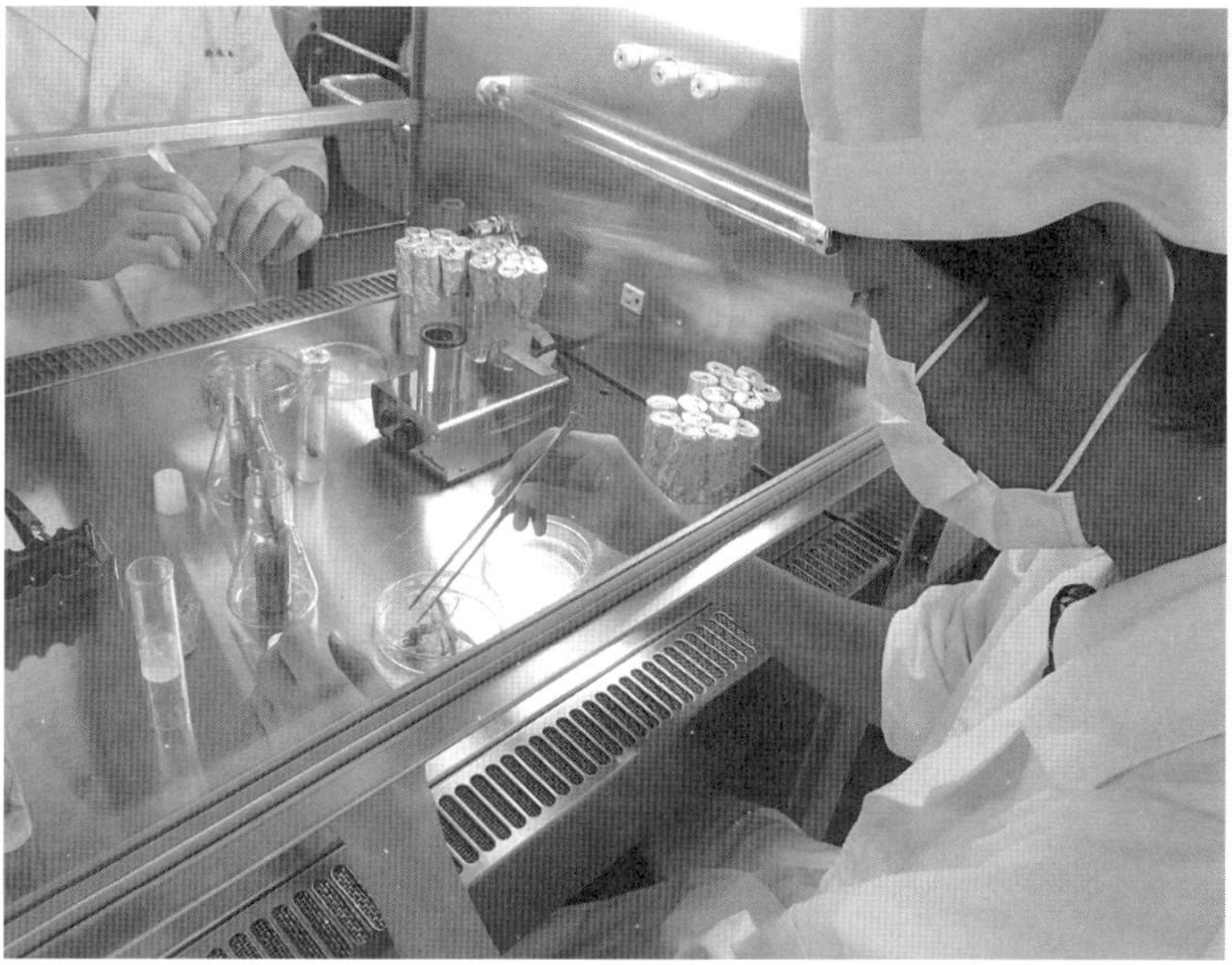

7、「IZU食彩トレイドフェア」で授業の成果を発表

伊豆地域の食材を集めた展示商談会「IZU食彩トレイドフェア」が、平成二十八年九月十七日伊豆市小立野の「修善寺生きいきプラザ」で開かれ、伊豆市、伊豆の国市、函南町、西伊豆町、南伊豆町、松崎町、東伊豆町、河津町の八市町を中心とした六十一の事業所が出展し、来場したバイヤーに商品をPRし、十八日には一般向けに販売も行われた。パンやジャムを作る田方農高も出展し、食品等の取り組みを紹介した（静岡新聞、平成二十八年九月十八日朝刊掲載の記事から）。

8、「第十一回パン祖のパン祭」で大賞

伊豆の国市で平成二十九年一月に開かれた「第十一回パン祖のパン祭」（伊豆の国市とパン祭実行委員会主催）のイベント「全国高校生パンコンテスト」で、田方農高三年の島添円の作品が大賞に輝き、その作品が商品化され、四月八日から市内のパン店で販売されることになった。

このパンは、箱根西麓野菜の三島ニンジンをたっぷり練り込み、レーズンなどを加えた「キャロットさんレーズン」パン。ニンジンの苦手な人にも食べやすく工夫してあり、島

添は、過去最多となる二十都府県、五〇三人の応募者の中から選ばれて大賞を受賞した。

パンは、伊豆の国市三福のパン店「ベケライ・ダンケ」で、平成二十九年四月八日から一個二八五円、一日五十個限定で販売されている（静岡新聞、平成二十九年四月八日朝刊掲載の記事から）。

9、NHK青年の主張全国コンクールで最優秀賞を受賞

昭和六十一年のNHK青年の主張全国コンクールで、三年生の棚沢（現在は佐々木）美由紀が、「動物園の飼育係になりたい」と題して発表した主張が最優秀賞に輝いた。応募者四〇〇〇人を制して見事に頂点に立ったのである。静岡県で初の快挙である。畜産科の担当教諭鈴木昭吾は、「佐々木は信念のある生徒であった。佐々木の実体験に基づいた発表は、迫力があって十分過ぎるほどよく伝わってきた」と当時を回想している（『耕友讃歌』一八〇頁以下）。

二十八、現在の田方農業高等学校

＊平成二十八年度（２０１６）『学校案内』

『大地に学ぶ』を校是とする同校は、かつての農業学校のイメージを離れて、生徒の誇りと自信をはぐくむ高等学校としての学習環境を有する大変スマートな高校に編成されている。

①学科と新入一年生の募集人員

生産科学科　……四〇名
園芸デザイン科　……四〇名
動物科学科　……四〇名
食品科学科　……四〇名
ライフデザイン科……四〇名
　募集人員合計　……二〇〇名

男女の比率　　男子　　三〇％

女子　七〇％

②卒業生総数　一六、四〇九名

内　訳　農業高等学校　一三、六〇三名（うち、定時制二六名）

農　業　科　二、三七九名

獣医畜産科　七九名

蚕　　科　九三名

併設中学　二五五名

③各科の学習要旨、学習コース、取得可能な資格、主な進学先及び主な就職先

1、生産科学科

平成二十三年に全国で初めて高校エコファーマ認定。平成二十五年には、農産物の安全安心の証《あかし》である有機ＪＡＳ認定を受ける。

A，学習要旨

高品質で安全な農産物を目指して、野菜や果樹の生産から流通について学習し、有機農業の実践を通して安心で安全な農産物の生産、環境に配慮した作物生産に

ついて学ぶ。

B，学習コース

ⓐ生産技術コース……野菜の施設栽培や果樹の栽培、植物バイオテクノロジーを活用した植物の組織培養技術などを学ぶ。

ⓑ生産流通コース……有機農業について学習し、食品の流通システムなどを学ぶ。

C，取得可能な資格

日本農業技術検定2・1級、土壌医検定3・2級、サービス接遇検定3級、日検情報処理の表計算1級、文書デザイン

D，主な進学先

東京農業大学（生物産業、農学、国際食糧情報）、静岡理工科大学（理工）、日本大学（理工）、常葉大学（社会環境、外国語）、南九州大学（環境園芸）、神奈川工科大学（応用バイオ）、県立農林大学校（園芸）、日本大学短期大学部（食物栄養）、横浜こども専門学校（保育）など。

E，主な就職先

セブロチュービング、山崎製パン、横浜ゴム、特殊東海製紙、三菱アルミニウム、富士テクニカ宮津、ジャトコ、テルモ、静岡県警、函南東部農協など。

2、園芸デザイン科

花博や地元フェアーに花苗などを提供、ＪＡ三島函南で花苗を通年で販売。公園の樹勢回復などで地域に貢献し、また、フラワーアレンジメントで全国的な成果をあげている。

A，学習要旨

グリーンデザイナーを目指して、草花の栽培や樹木の管理及びフラワーデザインを学習し、快適な生活空間の創造を学ぶ。

B，学習コース

ⓐフラワーコース……植物バイオテクノロジーを活用した植草花栽培、フラワーデザインを学ぶ。

ⓑガーデンコース……造園施工や樹木の管理、ガーデンデザインを学ぶ。

C，取得可能な資格

３級造園技能士、２・３級フラワー装飾技能士、小型特殊車輌、レタリング検定３級
卒業後に取得を目指す資格
樹木医、造園施工管理技士

D, 主な進学先
東京農業大学（地域環境・農業）、東海大学（人間環境）、常葉大学（社会環境）、南九州大学（環境園芸）、県立農林大学校（園芸、茶業、林業）、小田原短期大学（保育）、静岡デザイン専門学校（フラワーデザイン）、富士リハビリテーション専門学校（作業療法）など。

E, 主な就職先
エム・オー・グリーンサービス、特殊東海製紙、土井製菓、伊豆市振興公社、平安、三島市（消防）、ホテルニューアカオ（ハーブガーデン）、富士テクニカ宮津、伊豆箱根鉄道、万城食品など。

3、動物科学科

静岡県内で唯一の学科で、幼稚園・保育園児の動物ふれあい教室で地域に貢献。
全国で初めて高校で製造する公正マーク入り田方農高牛乳を販売。

A, 学習要旨

人と動物のふれあいを求めて、生産動物の飼育管理、牛乳や肉の加工、愛玩動物の飼育管理、動物と人との関わりを学ぶ。

B, 学習コース

ⓐ生産動物コース……乳牛を中心とした生産動物の特性と飼育法、草地管理、乳・肉製品の製造法などを学ぶ。

ⓑ愛玩動物コース……ペット、中・小動物の特性と飼育法、犬のしつけ、実験動物の取り扱いなどを学ぶ。

C, 取得可能な資格

2級実験動物技術師

卒業後に取得を目指す資格

愛玩動物飼育管理士

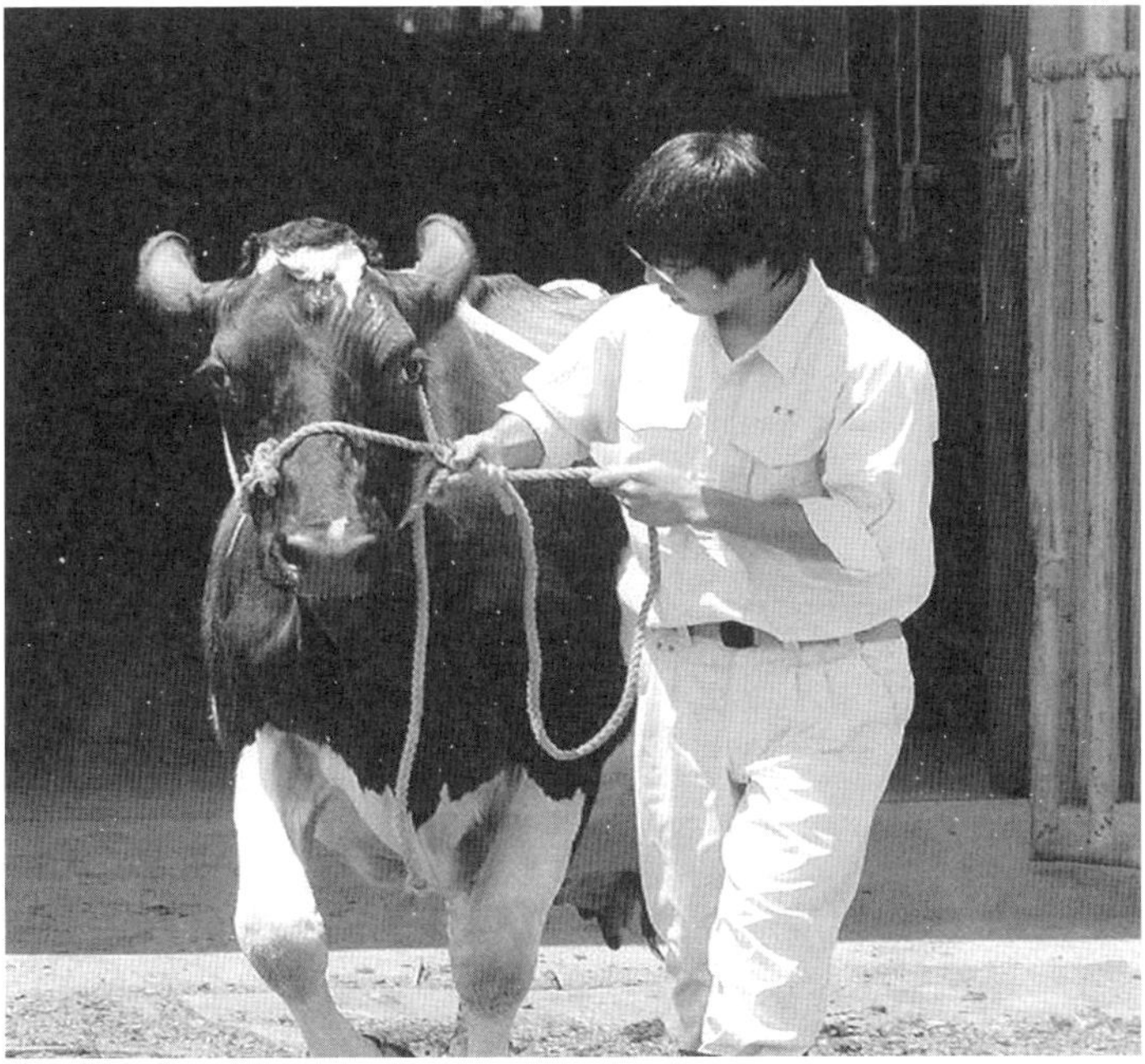

D，主な進学先

東京農業大学（畜産）、麻布大学（生命環境）、帝京科学大学（生命環境）、酪農学園大学（農食環境）、横浜薬科大学（薬学）、聖隷クリストファー大学（看護）、日本獣医生命科学大学（応用生命科学）、日本大学短期大学部（食物栄養）、県立農林大学校（畜産）、県立東部看護専門学校（看護）、国際ペットビジネス専門学校（ペットビジネス）、日本ペット&アニマル専門学校（動物飼育）など。

E，主な就職先

ボゾリサーチセンター、自衛官候補生、テルモ、ヌマネツ、三嶋大社、千代田牧場など。

4、食品科学科

平成二十七年に全国高校生パンコンテストで最優秀賞を受賞。パン、味噌、ソーセージなど多品目を製造。特にジャムは人気商品。

A，学習要旨

食生活を豊かにすることを目指して、ジャムやパンなどの食品加工、食品の栄養分析や流通、微生物の利用法を学ぶ。

B，学習コース

ⓐ食品加工コース……原材料の特性、食品の製造法、貯蔵、検査等の知識や技術を学ぶ。

ⓑ食品栄養コース……食品の栄養分析や微生物の利用、食品の保存、食品衛生などを学ぶ。

C，取得可能な資格

食生活アドバイザー検定3級、菓子検定3級、料理検定3級、サービス接遇検定2級、ビジネス実務マナー検定3級

卒業後に取得を目指す資格

栄養士、調理師、パン技能士2級

D，主な進学先

東京農業大学（生物産業）、淑徳大学（看護栄養）、神奈川工科大学（応用バイオ）、岐阜女子大学（家政）、東京農業大学短期大学部（栄養）、東海大学短期大学部（食物栄養）、日本大学短期大学部（食物栄養）、下田看護専門学校（看護）、国

際医療福祉専門学校（救命救急）、国際フード製菓専門学校（製菓製パン）など。

E，主な就職先

静岡県（学校事務）、山崎製パン、旭化成ファーマ、東日本旅客鉄道、土井製菓、日本レストランシステム、カメヤ食品、横浜ゴム、米久、ヤクルト、横浜市消防など。

5、ライフデザイン科

園児との交流活動による共生・共育の推進。野菜栽培から調理まで学ぶ、フードコースは魅力的。

A，学習要旨

豊かな生活のコーディネートを目指して、生活に関わる草花や野菜の栽培、食品の調理、植物を活用した福祉等を学ぶ。

B，学習コース

ⓐフードコース……各自の調理技術を高め、健康な食生活を営む力をつける。
ⓑセラピーコース……園芸作物等の特性と利用、植物を活用した福祉と活動に

ついて学ぶ。

C, 取得可能な資格

初級園芸福祉士、食物調理検定1級、菓子検定3級、料理検定3級、サービス接遇検定2級

卒業後に取得を目指す資格

栄養士、調理師、介護福祉士、保育士、理学療法士

D, 主な進学先

静岡産業大学、県立東部看護専門学校（看護）、中央歯科衛生士調理製菓専門学校（調理経営）、東部総合美容専門学校（美容）、武蔵野調理師専門学校（調理師）、白寿医療学院専門学校（柔道整復）、富士リハビリテーション専門学校（理学療法）、エコール辻東京（日本料理）、小田原短期大学（保育）など。

E, 主な就職先

ホテルニューアカオ、修善寺カントリークラブ、シェ・イリエ、ＪＡ静岡厚生連リハビリテーション中伊豆温泉病院、ホテル銀水荘、米久、社会福祉法人函要会、石舟庵、不二家、東芝テックなど。

二十九、歴代の校長

初代	仁田大八郎	明治三十五年四月一日―大正八年三月十四日
二代	望月精太郎	大正八年三月十四日―大正十年六月四日
三代	津田　勉造	大正十年六月四日―大正十一年五月十一日
四代	鈴江　豊一	大正十一年五月十一日―昭和二年三月十九日
五代	奈良　和夫	昭和二年三月二十日―昭和五年九月九日
六代	米山　　弘	昭和五年九月九日―昭和十二年三月三十一日
七代	高橋　　覚	昭和十二年三月三十一日―昭和十五年三月三十日
八代	利根川善次郎	昭和十五年三月三十日―昭和十六年五月三十一日
九代	寺前　利一	昭和十六年五月三十一日―昭和二十一年一月三日
十代	大川　勝蔵	昭和二十一年一月四日―昭和二十二年三月三十日
十一代	戸塚　　静	昭和二十二年三月三十一日―昭和三十年十月十日
十二代	関根　貞義	昭和三十年十月十一日―昭和三十四年三月三十一日

十三代　小山　令次　昭和三十四年四月一日―昭和四十年三月三十一日

十四代　梅原　秀憲　昭和四十年三月三十一日―昭和四十九年三月三十一日

十五代　坂部　隆治　昭和四十九年四月一日―昭和五十一年三月三十一日

十六代　平賀　房二　昭和五十一年四月一日―昭和五十五年三月三十一日

十七代　小沢　秦二　昭和五十五年四月一日―昭和五十八年三月三十一日

十八代　森下　介三　昭和五十八年四月一日―昭和六十一年三月三十一日

十九代　太田　昭　昭和六十一年四月一日―平成元年三月三十一日

二十代　原間三千雄　平成元年四月一日―平成四年三月三十一日

二十一代　關塚　五郎　平成四年四月一日―平成六年三月三十一日

二十二代　中田　邦彦　平成六年四月一日―平成十年三月三十一日

二十三代　佐々木　盾　平成十年四月一日―平成十三年三月三十一日

二十四代　寺崎　紀雄　平成十三年四月一日―平成十五年三月三十一日

二十五代　伊藤　忠仁　平成十五年四月一日―平成十八年三月三十一日

二十六代　塚本　行博　平成十八年四月一日―平成二十年三月三十一日

二十七代　吉澤　勝治　平成二十年四月一日―平成二十二年三月三十一日

二十八代　神林　正人　平成二十二年四月一日—平成二十五年三月三十一日
二十九代　渡邉　憲章　平成二十五年四月一日—平成二十八年三月三十一日
三十代　大塚　忠雄　平成二十八年四月一日—

＊平成二十九年度（二〇一七）『学校要覧』より

校　訓

イ、誠　実
ロ、勤　勉
ハ、自　治

校歌

穂積　忠　作詞
小平時之助　作曲

（一）
思惟《おも》うゆゑ　まこと吾生《われい》き
勤勉《はげ》むゆゑ　ともに伸《の》びゆく
おぎろなき（広大無辺《こうだいむへん》）　農《のう》の学問《まなび》を
ひたむきに　讃《たた》え進《すす》まむ

（二）
照妙《てりくわ》し　地《つち》に澄《す》む智慧《ちえ》
芽とひかり　葉《は》とそよぐもの
季節《とき》くれば　おのづ具足《そだ》りて
花と咲《え》み　果実《かみ》とまろみゆく

（三）
野に揚《あが》る　浄《きよ》き唄声《うたごえ》
実稲《うましね》や　黄金《こがね》の穂波《ほなみ》
狩野川に　い湧《わ》く瀬鳴《せなり》も
さやさやし　胸《むね》にかよへり

（四）
果樹園の　あしたの祈願《ねがい》
牧場の　夕べの休憩《いこい》
ふり仰《あお》ぐ　富士の高嶺《たかね》も
永劫《とこ》若く　天《あめ》に据われり

（五）
この道や　国興《くにおこ》す途《みち》
天地《あめつち》の　和平の共《むた》
常明《つねあか》く　自《おの》れ治《おさ》めて
世界《よ》の希望《のぞみ》　身《み》もて応《こた》えむ

あとがき

この小説の舞台となる静岡県立田方農業高等学校（創立当初は、田方郡立田方農林学校）の所在地は、東海道新幹線三島駅で下車し、私鉄の伊豆箱根鉄道に乗換えて、三島広小路駅、三島田町駅、三島二日町駅、大場駅を過ぎ五つ目の伊豆仁田駅のすぐ近くで、伊豆半島の口伊豆《くちいず》と呼ばれている地域である。

田方郡函南町仁田のある伊豆半島は、地図を見れば誰でも気付くことであるが、古来より関東、関西の分界地点《ぶんかいちてん》となっており、日本列島太平洋岸の中央部、富士山の南側で、静岡県東部にあり、半島の中央部には、標高一〇〇〇メートル余の天城連山《あまぎれんざん》が聳《そび》え、これを境《さかい》に、北側の田方郡を口伊豆、南側の賀茂郡を奥伊豆と呼び、さらに天城連山周辺を中伊豆と呼んでいる。

この伊豆半島は、日本列島太平洋沿岸の中央部という地の利を得て、鎌倉時代（一一八五―一三三三）の頃から政治の中心地で、海防の声と、文明開化の足音を聞きながら開けた近代国家日本の幕開けの地である。

伊豆半島には、古くより代々韮山代官を務めた江川家と、源頼朝の家臣で、武勇の誉れ高い仁田四郎忠常を始祖とする仁田家の二つの名門豪族が勢力《せいりょく》を張《は》っていた。

江川家では、太郎左衛門の名を江川家代々の当主が名乗った。が、特に世界文化遺産構成資産に登録された『韮山反射炉《にらやまはんしゃろ》』の建設者・三十六代江川太郎左衛門英龍《えがわたろうざえもんひでたつ》が有名である。通常、江川太郎左衛門といえば、英龍を指している。

一方、仁田家では、鎌倉時代、建久《けんきゅう》三年（一一九二）に、源頼朝が富士の裾野で武者三万人を引き連れて富士山裾野の大巻狩りを催《もよお》した際に、手負いの暴れ猪を短刀で退治し、武運を天下に示した仁田四郎忠常《にったしろうただつね》が有名である。また、明治時代に入り、地方の学校教育に心血を注ぎ、田方農高を創始した三十七代仁田大八郎氏の事績は、二十一世紀の今日《こんにち》においても燦然《さんぜん》と輝いている。

筆者は、かつて『江川太郎左衛門の生涯』と『わかりやすい韮山反射炉の解説』を刊行した時、仁田家の史実や三十七代仁田大八郎氏が創始した田方農高の歴史に接し、それが端緒となって、本書の執筆に着手した。それが今から五年前のことである。

しかし、その頃より体調不良となり、入退院を繰り返し、かつ、開腹手術を四回受けたこともあって、脱稿までに五年を費やした。

通常、学校関係の世界において、卒業生で組織される団体は、『校友会』と、いう漢字を書くのが一般的であるが、仁田大八郎氏が創始した田方農林学校（その後、農業学校と改称、現在は静岡県立田方農業高等学校）では、あえて「耕《たがや》す友《とも》の会《かい》」という漢字を当て、『耕友会《こうゆうかい》』と称している。

これは、同校の創始者である仁田大八郎氏が説く、「農業は、日本の基本の業《わざ》なり」という田方農高建学《けんがく》の精神に基づくものである。

筆者は、本書を執筆するに当たり、仁田家を訪問して本小説の主人公仁田大八郎氏のお孫さんで、仁田家三十八代当主仁田昭氏の夫人茂子さまから貴重なお話をお聞きし、かつ、たくさんの資料をいただいた。改めて御礼申しあげます。

田方農高渡邉憲章校長からは、同校『創立百周年記念誌』その他の資料をお貸しいただき、かつ、貴重なお話もお聞かせいただいた。御礼申しあげます。

本書の刊行に際し、いさぶや印刷工業株式会社社長望月良則氏は、筆者が歩行困難など体調不良で難渋しているのを見て、筆者に代わって取材・資料収集・校正などに大変尽力してくださった。また、同社望月良和会長には、同氏の伊豆の国市長時代から大変お引き立て賜わり、かつ、筆者がスローライフ三島ガーデンへ入居したときには、ご夫妻でお見舞いに来ていただき、その後も筆者の身を案じて、たびたび電話をくださった。

本当にありがとうございました。

筆者の友人で、田方農高野球部員だった渡辺邦興氏（現在、民生委員）、伊豆の歴史に詳しい塩田晴美氏（田方農高六十五期生）には、貴重なお話をお聞きし、資料もお借りした。また、塩田氏の祖父塩田利雄氏（故人、四期生）は、同校草創期である明治三十七年四月に入学、同四十年三月卒業、厳父の塩田信一氏（故人、三十五期生）は、昭和十年四月に入学、同十三年三月卒業という田方農高ご一家である。改めて御礼申しあげます。

末尾になりましたが、本書を執筆するに際し、田方農高同窓会発行の『耕友讃歌』、田方農高発行の『田方農高創立百周年記念誌・耕友』と『静岡新聞』を参考にさせていただき、かつ、多数引用させていただきました。これらの資料がなかったら、この小説は書けなかったといっても過言ではありません。感謝しています。ありがとうございました。

なお、本書の登場人物については、敬称を省略させていただきました。

平成二十九年（二〇一七）八月二十二日（火曜日）（筆者の誕生日）
スローライフ三島ガーデン　２２１号室で記す。

八十七翁　堀　内　永　人

年表

和暦年号		西暦	出来事
明治	三十五年	一九〇二	三月十二日、静岡県田方郡立田方農林学校として設立認可。 四月一日、初代校長に仁田大八郎が就任する。 四月十六日、田方郡立田方農林学校開校式が挙行される。
	三十七年	一九〇四	第一回卒業式（卒業生は二十三名）。
大正	三年	一九一四	蚕業科（修業年限一カ年）が設置される。
	七年	一九一八	校舎が増築される。
	八年	一九一九	第二代校長に望月精太郎が就任。
	十年	一九二一	第三代校長に津田勉造が就任。
	十一年	一九二二	学制改革に基づき、静岡県立田方農学校（修業年限三カ年）となり、蚕業科が廃止される。

大正	十二年	一九二三	校地（四、九二三㎡）と運動場（三、五二四㎡）が、函南町より寄付される。 卒業生の団体『耕友会』より講堂が寄付される。
	十三年	一九二四	寄宿舎が竣工、設置される。
昭和	五年	一九三〇	伊豆大震災により、本館その他倒壊する。
	七年	一九三二	仁田大八郎校長が、衆議院議員に当選する。 農産製造室新築される。 創立三〇周年記念式典挙行される。
	八年	一九三三	ぶどう温室が建設される。
	九年	一九三四	同窓会寄贈による「創立者仁田大八郎先生」銅像除幕式挙行される。
	十七年	一九四二	学級増加（六学級、定員三〇〇名）が認可される。 創立四〇周年の記念式典が挙行される。
	十八年	一九四三	面積一〇、九七九・一〇㎡（三、三二七坪）の運動場が新設される。 獣医畜産科（定員一五〇名）設置され、生徒数は農業科（定員三〇〇名）と共に合計四五〇名となる。
	二十年	一九四五	二月に初代校長の仁田大八郎が死去される（享年七十四歳）。

昭和		
二十二年	一九四七	中学校が併置される。PTA及び同窓会寄贈による二階建三六三・六三㎡（一一〇・二坪）の「大家畜舎」が竣工。
二十三年	一九四八	学制改革により「静岡県立田方農業高等学校」（農業科六学級、畜産科三学級）となる。
二十四年	一九四九	太平洋戦争で供出された「創立者仁田大八郎先生」銅像が窓会寄贈により再建される。
二十五年	一九五〇	PTA及び地元町村寄贈による「図書館」（二一〇・三七㎡）（六三・七五坪）が新築竣工される。
二十七年	一九五二	文部省（現在の文部科学省）蚕業教育研究校の指定を受ける。創立五〇周年記念式典が挙行される。
二十九年	一九五四	農芸化学科新設される（農業科一五〇名、畜産科一五〇名、農芸化学科一五〇名、合計四五〇名）。
三十三年	一九五八	農村家庭科三〇名を募集する。狩野川台風の災害を受ける。
三十五年	一九六〇	農村家庭科の認可を受ける（定員三〇名）。

昭和		
三十七年	一九六二	農村家庭科を生活科と改称する。農業科一学級（四〇名）、生活科一学級（四〇名）を増加し、募集定員二八〇名とする。
三十八年	一九六三	本館が新築竣工される。創立六〇周年を記念して本館落成記念式典が挙行される。
四十年	一九六五	丹那農場が開設される。
四十一年	一九六六	農業科二学級のうち一学級が廃止、園芸科一学級が新設され、募集定員二四〇名となる。白岩農場が開設（三・五ha）される。体育館兼講堂（一、四一三・四七㎡）が竣工する。
四十二年	一九六七	西浦柑橘農場が開設される。格技場が竣工する。
四十三年	一九六八	北校舎第一期工事が竣工する。
四十四年	一九六九	北校舎第二期工事が竣工する。実習用地（一六、二八一・〇〇㎡）を買収する。
四十五年	一九七〇	北校舎第三期工事が竣工する。

昭和		
四十六年	一九七一	東側の渡り廊下、四階図書館、視聴覚教室が竣工する。七〇周年記念事業が完成し、記念式典が挙行される。
四十七年	一九七二	プール（十五×二十五m、七コース）が竣工する。
四十九年	一九七四	校地を買収する。
五十年	一九七五	畜産、汚水処理浄化槽が完成する。畜産実習室（準備室、肥料室、鶏舎）が竣工する。
五十一年	一九七六	オーストラリアより留学生（ピーター・ベネット君）が一年間本校で学習する。
五十五年	一九八〇	校地を買収する。図書館と農夫舎を撤去する。
五十六年	一九八一	耕友会館（生活館）が完成する（六月）。創立八〇周年記念式典が挙行される。
五十七年	一九八二	農業科実習棟（実験動物施設を含む）が竣工する。本館の耐震補強工事竣工。
五十八年	一九八三	旺文社主催「名作読書感想文全国館コンクール」優秀校に選ばれる。四十八歳の杉山等《ひとし》（韮山町会議員）が、農芸科に入学する。

昭和	五十九年	一九八四	二年連続して旺文社主催「名作読書感想文全国館コンクール」優秀校に選ばれる。 テニスコート、バックネット等グランド整備が完成する。
	六十年	一九八五	「NHK青年の主張全国大会」に三年の棚沢美由紀が『私の夢』と題して最優秀賞を受賞する。 福島県猪苗代町で、最初の『スキー修学旅行』が開始される。 四十八歳で入学した杉山等が卒業する。〔その後、静岡大学農学部に進学し、平成二年（一九九〇）に同大学を卒業する。〕
	六十一年	一九八六	農業実習棟（バイオ実験棟を含む）が竣工する。 豚舎（育成舎、繁殖舎、肥育舎）が竣工する。
	六十二年	一九八七	情報基礎・流通コース授業等で使用するパソコンを、四十五台設置する。
	六十三年	一九八八	三年の中田昌伸が『私は酪農に生きる』と題して発表し、優秀賞を受賞する。 献血五、〇〇〇人達成記念植樹祭が行われる。 道路拡幅工事に伴う「正門・前庭」の改修、整備が行われる。
	元年	一九八九	環境制御自動温室を建設する。

元号	年	西暦	事項
平成			畜産実習棟（総合牛舎）が完成する。 畜産科が農林大臣賞を受賞するなど、日頃の学習成果に対して静岡県教育委員会より表彰される。
	二年	一九九〇	グランド北側に、シャワー施設・トレーニングルームを備えた部室が完成する。 畜産実習棟（総合牛舎）、順化室が建設される。
	三年	一九九一	十一月、創立九〇周年記念式典が挙行さる。 新入生の制服が一新し、新しいデザインとなる。 生活科が生活科学科（定員八〇名）に学科改編される。 高校総体が静岡県で開催され、本校も参加し、富士会場に一、八〇〇鉢、沼津会場に九〇〇鉢をはじめ、御殿場会場、伊豆長岡会場などに三月下旬より七月上旬までの四か月間、日々草、インパチエンス、サルビア、マリーゴールドなどのプランター三、〇〇〇鉢を飾った。 校舎の屋上に、アマチュア無線のアンテナを立てて、全国に向けて記念局を開局し、高校総体開催中八〇〇局と交信した。このアンテナは、富士登山や災害時にも活躍して関係者から大好評を得た。

平成		
四年	一九九二	二月には、汚物発酵処理舎が建設される。 新年度になると、農芸化学科を食品化学科に改称、生活科学科二学級のうち一学級を廃止する。 募集定員二〇〇名（農業科・園芸科八〇名、畜産科四〇名、食品化学科四〇名、生活科学科四〇名）。
十一年	一九九九	園芸実習棟が建設される（三月十九日）。
十二年	二〇〇〇	四月一日より、農業科、園芸科、畜産科、食品科学科、生活科学科が、生産科学科、園芸デザイン科、動物科学科、食品科学科、ライフデザイン科に改編される。
十三年	二〇〇一	創立一〇〇周年記念式典が挙行される。
二十五年	二〇一三	田農牛乳などが商品化される。
二十六年	二〇一四	弓道が静岡県高校選手権で優勝する。 伊豆の国市観光協会と伊豆の国パン祖のパン祭実行委員会主催の平成二十六年度「全国高校生パンコンテスト」で、三年の鈴木千賀の「カリフォルニア・レーズン・ビネガー・ブレッド」が見事最高賞に輝いた。同校では初の快挙である。

平成	西暦	
二十七年	二〇一五	食品科学科三年の岩崎朱子は、日本農業技術検定協会主催の平成二十七年度日本農業技術検定一級学科試験に合格する。
二十八年	二〇一六	伊豆の国市のイベント「パン祖のパン祭」の、「全国高校生パンコンテスト」で、一年の塩川えみり（十六歳）が、大賞を受賞した。造景部が肥料として活用が期待される「アーバスキュラー」菌根菌（AMF）の培養に成功した。
二十九年	二〇一七	「第十一回パン祖のパン祭」で開催された「全国高校生パンコンテスト」において、三年の島添円の作品が大賞を受賞し、市内のパン店で、販売されることになる。

堀内　永人（ほりうち　ながと）

〒四一一―〇八〇一　静岡県三島市谷田御門五〇二番地
TEL．〇九〇―一二三五―一六八六

社団法人大日本報徳社　参事講師
国際二宮尊徳思想学会会員
一九三〇年　静岡県掛川市上西郷美人ヶ谷生まれ
二〇〇五年　日本大学大学院博士前期課程修了（七四歳）
スルガ銀行名古屋支店長、三島支店長、公務室長などを歴任、その後、会社経営を経て、「報徳と倒産防止」「徳治経営」の研究に入る

著書　別掲歴史小説のほかに、『初代静岡県知事関口隆吉と十五代将軍徳川慶喜との合縁奇縁』『負薪読書像のルーツの研究（二宮金次郎の研究）』『「心に響く小さな五つの物語」を読んで』『経営者が道徳を忘れたら会社はどうなるか』（以上「評論」）
『天賦の報徳人・大原孫三郎』『風説・天城の鬼火』『友情の雲』『愛のスケープゴート』『モラトリアム（支払い猶予令）』『伊豆仁田の身代り地蔵』『ミシマサイコの友情』（以上短編小説）など多数。

小説・田方農業高等学校物語	一九六頁	一、五〇〇円	長倉書店
サスペンス　続・倉真温泉郷の謎	一〇六頁	八〇〇円	長倉書店
サスペンス　倉真温泉郷の謎	一一四頁	八〇〇円	長倉書店
わかりやすい韮山反射炉の解説	一八二頁	五〇〇円	文盛堂書店
江川太郎左衛門の生涯	三九〇頁	一、八〇〇円	栄光出版社
歯科医業の夜明け	一七九頁	一、二〇〇円	栄光出版社
初代静岡県知事関口隆吉の一生（共著）	四〇四頁	一、八〇〇円	静岡新聞社
家康と爪狂いの右近	二七八頁	一、二〇〇円	静岡新聞社
情熱の経営（共著）	二四一頁	一、四〇〇円	栄光出版社
財界に静かなブーム報徳の教え	九九頁	七〇〇円	静岡新聞社
韮山に咲く報徳の花	一九五頁	一、四〇〇円	静岡新聞社

小説・田方農業高等学校物語

二〇一七年十二月一日　第一刷発行

著者　堀《ほり》内《うち》永《なが》人《と》

発行者　長倉一正
発行所　有限会社　長倉書店
郵便番号　四一〇—二四〇七
静岡県伊豆市柏久保五五二—四
電　話　〇五五八—七二—〇七一三
ＦＡＸ　〇五五八—七二—五〇四八

印刷・製本／いさぶや印刷工業株式会社

ISBN 978-4-88850-053-1　C0093